U0140899

中国读本

# 中国工业史话

谢俊美　季凤文　著

中国国际广播出版社

# 目　录

# 第一章
# 中国古代工业的发端

## 一 原始社会的中国工业

中国古代工业发端于原始社会，也就是当人类刚刚学会有目的、有意识地制造工具为我所用时，就在工业之路上迈出了第一步。这显然不能与今日人们眼中所见、耳中所闻的高大的厂房、轰鸣的机器构成的现代工业同日而语，但它具备了采掘自然物质资源制造生产生活资料的工业的因素，只是由于多为手工操作，因此称为原始工业或原始手工业。最早的工具制造是处于群居时期人们打制的石块或粗陋的木棒，史称旧石器。旧石器时代不但工具制造粗糙简陋，其他部门也是如此，因此，我们从处于新石器时代的氏族公社阶段来讲述早期中国古代工业的发展状况。氏族公社分为母系氏族公社和父系氏族公社，中国境内代表性的典型模式分别为仰韶文化和龙山文化。

仰韶文化是以最早发现于河南仰韶村而得名，距今约有六七千年，代表了这一时期广泛分布于河南、陕西一带1 000多处新石器时代的母系氏族公社文化。龙山文化距今约有5000年，因首次发现于山东章丘龙山镇城子崖而得名。它代表了这一时期父系氏族公社的发展状况。在仰韶文化时期，原始手工业的落后导致男子难以显示出生产能力，反而妇女的采集活动更能使生活有所保障，发展到龙山文化时期，手工业的进步，特别是工具制造水平的提高，男子在生产生活中的重要性日益突出、地位愈加显著，从而使亲缘的划分由母亲的血统变为由父亲的血统，母系氏族公社发展到了父系氏族公社。仰韶文化和龙山文化时期的工业部门有相同之处，如石器和陶器的制造，也有富有特色的工业部门如纺织业、酿酒业在各自不同时期出现。

### （一）石器

远古时代石制工业的制造，代表着当时的技术发展水平，能够准确地体现当时手工业的发达程度和生产力发展水平。所以，石器的制作技术，在开创石器时代工具技术方面具有重要的意义。仰韶文化时期，人们制作的石器已基本采用磨制方法，但仍有打制方法存在。像一些生活用具如石斧、石锛等已绝大部分用磨制的方法，但一些生产工具如石铲、石锄等，仍采用打制方法。这时期的石器制作方法可以概括为打制、琢制和磨制。

打制就是用砾石互相撞击，利用剥落的碎片作工具。除有时为方便，在手握的地方或刃部稍加修整外，一般不作二次加工，显然比较粗糙，也就是过去的旧石器。琢制法则要进步得多，它是用硬石敲击另一块石头，制成想要的形状或样式，磨制法是制石器的工艺技术的最高表现，它兼有其他两种制器方法的技术，以磨擦来制器，有的还要钻孔加柄。现代汉语词语中，琢和磨已被合用为一个词，并且被引申为考虑事物，精益求精的意思，其实最早二者是分开独立的。

到了父系氏族公社的龙山文化时期，打制石器的方法已绝迹，代之而起的则是磨制石器。尤其是精磨和钻孔技术发达，制出了各种锋利而便于使用的生产工具。这就使男子在劳动中更显优势，促进了生产力的发展。龙山文化石器制作工艺可分为选料、选形、截断、打击、琢磨、作孔等几道工序，而且还认识到了不同石料的性能，制造不同的器物，像大汶口文化（距今约四千五百年）时期石器多用矽质灰岩作石锛，城子崖文化多采用变性页岩为石簇，即石箭头，主要是依据性能不同而制的。

**（二）陶器**

陶器在两种文化时期基本上都是为生活服务的，而且均属手工操作，但技术水平上却有明显差别。远古传说中说陶器是神农氏教会人们制作的，神农氏还教会人们种粮，找药，从而有了中国的农业和医药。后来神农氏和黄帝一起被尊奉为华夏民族的祖先，即炎帝。

仰韶村遗址出土陶器

仰韶文化时期陶器的制作方法主要有泥条叠筑法和旋叠法。前一种方法就是用泥条叠加修整而成，这类器物厚重、结实，后一种方法是使泥胎旋转时用手修剪成器形，器物精巧，细小。在制作过程中已经出现了加彩装饰，许多陶器上原来有实用作用的凸出部位逐渐只起装饰作用。代表性的彩陶要数西安半坡遗址出土的陶盆，高16.7厘米，口径40厘米，绘有人面和鱼形，不论从样式还是规格上都非常精巧，有的彩陶上还出现了龙凤样的图案。

陶器制作离不开火窑，仰韶文化制器烧窑已由最初直接放在火上烧，再放到火边烧，到放在箅子上烧，使陶器坯胎受热均匀，坚硬耐用。而且还掌握了掺入沙子以耐热、加入稻壳烧成夹炭黑陶的烧陶技术。

龙山文化的制陶技术要高出仰韶文化一筹，可以说达到了中国原始社会制陶工业的顶峰。其中一个重要原因是陶器轮制法的发明和使用，所谓轮制法就是用活动的小棒使陶轮转动，带动上面的泥胎旋转，人以双手加工陶坯。这种方法意义重大，首先是减轻了劳动量，提高了劳动生产率，产量增加。另外是促进了社会分工，因为这一技术的掌握者只是少数人，日渐与原来行业脱离，专门从事制陶业。考古发现许多陶窑分布在各自的房前屋后，氏族公有的陶窑为个体家庭所取代，从考古实物看，当时陶器制作的确达到相当高的水平。1936年在发掘属于龙山文化时期的一座遗址中，发现了制作精美的蛋壳陶，式样只有高柄杯一种。说它是蛋壳陶决不夸张，器壁最薄处只有0.5毫米，有一件陶器高10厘米，却不到40克重，也就是不到一两，而且造型规整、质地坚密、色泽漆黑，据考证是利用烟熏法使之乌黑发亮，属古陶中的瑰宝。另外，在烧窑时人们的技术有了很大进步，在改进火窑结构的同时，还掌握了在高温下严密封窑的技术，使陶坯中的铁元素能够充分还原，烧成灰色或黑色的陶器，质地坚硬紧密，窑温达到1 000 度左右，这种高温操作技术，为金属冶炼打下了基础。

### （三）纺织业

仰韶文化时期较有特色的手工业是纺织业。早在6000多年前，中国已经出现了麻纺织品，并初步掌握了平纹、斜纹等织作技巧。这些结论通过考古挖掘出土大量陶制纺轮和骨针，以及一些陶器上带有麻布纹痕迹可以证实。当时人们采剥野麻纤维作原料，使用纺轮和纺砖捻制麻纱，再用简单的织机织成麻布，通过在陕西、江苏都有麻布出土说明当时南北各地麻布已成主要衣料。到了龙山文化时期，除继承了以前的麻纺织技术外，更有丝织业发展了，因这时人们已成功地驯育了家蚕，与龙山文化同时期的代表长江下游地区文化的良渚文化遗址，1950 年出土的残绢片、丝带，经分析是用家蚕丝织成的，因为蚕丝是经热水浸泡抽出的。可以说，中国丝织业是世界上最为悠久的。

### （四）酿酒业

酿酒业是在龙山文化时期出现的富有特色的工业部门。因为考古发掘所得到的陶盉等酒器出现在龙山文化遗址中，仰韶文化则不具备。这说明龙山文化比仰韶文化进步，因为只有生产发展，工具进步，粮食产量提高并有剩余才有可能用来酿酒。

在原始社会，人们在与大自然的适应过程中逐渐发展，并懂得美化生活，在晚期出现了许多精美的饰品。这方面的良渚文化最为发达，饰品造型精美，例如一件玉雕圆柱饰件，高 3.2 厘米，在海外拍卖中卖到了 74 750 美元的价格。而一件 7 厘米见方的玉琮，估价达到 10 ~ 12 万美元。在内蒙古赤峰地区红山文化遗址中出土的玉龙饰品，是目前我国最早的有关龙的题材的装饰品。

通过对仰韶文化和龙山文化的介绍，可见原始社会中国工业已有一定程度的发展，为后来的工业发展奠定了基础，开创了先河。

夏朝是中国历史上第一个奴隶制王朝。它的建立，标志着中国历史结束了原始状态，进入文明时代。夏朝总体上是奴隶社会，但因距离时间较远，有关夏代的许多问题还有待于进一步考证，因此夏代的工业发展状况，只有从龙山文化和商代文化之间去寻找。

作为一个奴隶制社会，夏代的工业采用奴隶劳动，便于组织大规模的协作分工，因此工业水平比前代有所发展。在石骨器和陶器的制作工艺上水平进一步提高，已掌握用牛马肩胛骨制成鹤嘴锄，便于耕作。陶器器物的底部不同于早期陶器的平底而成凹形。在夏代工业中取得较为突出成就的则属铜器的冶炼和铸造。这时夏代人已掌握了炼铜技术，在一些夏代遗址中出土有铜刀、锥、凿、铃等器物。在古文献中也记载有夏禹当年征伐九个部落，收取他们的铜，铸成九个鼎，象征统治全国九州。在夏商周时代，常以此物作为传国的重器。当商汤灭夏时，把鼎迁到了商的都城；周灭商后，又把鼎迁到周的洛邑（今洛阳），成为政权的象征。后来，东周时楚庄王向周定王的使者问九鼎的大小、轻重，其实他的真正目的并不是想了解九鼎的状况，而是想借机夺取王权，因此"问鼎"一词就有篡夺统治权的意思。但当时所炼的铜，一般都为纯铜，称为红铜，人们还不懂得按一定比例加入其他的铅锡成分制成青铜，而且铜器多用于祭祀、生活，很少用于生产，更不用提战争了。

夏代另一个工业成就是车、船的制造。传说车的最早发明者是黄帝，即被尊奉为中华民族的祖先。黄帝号轩辕氏，轩、辕都是车上部位的名称，当然这都属民间传说。夏代掌管制车的人叫车正，其中一个车正叫奚仲，据说是禹的后代，为夏王造车，后因夏王残暴而逃跑。当时虽有车的发明，但能坐车的人只是高官贵族，不过从车的发明可以想象当时夏代道路已相对发达了。另外，当时船已发明，并有了专门驾船的人，但史料记载不多。

## 二　以青铜器为代表的商周工业

商、周是继夏朝之后的两个奴隶制王朝，两朝的工业在古籍文献和考古挖掘中，都有详细的记载和发现，而且两朝工业具有相似性和继承性。需要指出的是，本节所述的周朝指的是奴隶制的西周。

商周时期工业部门相对增多，手工业在社会经济生活中占有重要地位。由于采用奴隶劳动，便于形成大规模协作生产和专业分工，当时一些工业如青铜、玉器、骨角器制作和纺织业都非常发达，尤其是器类繁多、花纹绚丽的青铜器，反映了商周时期社会生产力发展水平。

### （一）青铜器制造业

所谓青铜，就是铜、锡和铅的合金。因为这种合金的颜色是青灰色，铸出来的器物就称为青铜器。说到商代的青铜器，人们自然就联想到了举世闻名的司母戊鼎。这是一件商王朝后期王室的祭品，结构厚重，腹部呈长方形，在上部长方形口的宽部中央各有一耳，下面有四只圆柱形的足。司母戊鼎结构复杂，上面饰有饕餮纹。何为饕餮呢？就是古代传说中的恶兽，商代的一些器物上多见此纹，带有神怪意味。鼎耳上有两虎相向张口吞食一人头的形象。通过考证，鼎耳、鼎身、足是分别铸成后再合铸成一个整体的。在它的腹内壁上铸有“司母戊”三字，表明是商王为祭祀他的母亲戊而铸此鼎，鼎名也由此而来。这个鼎高133 厘米，鼎腹长 110 厘米，宽 70 厘米，重 875 公斤，是中国，也是世界上最大的古代青铜器。说起来这个鼎的发现和保存还有一个较为曲折的过程。

1939 年的一天，河南安阳武官村的一个村民正在犁地，突然感到犁铧被硬物硌了一下，还带着绿锈，于是他挖开泥土，发现了这只司母戊鼎。但他并不认识字，周围的人们看到这只鼎的形状像马槽，就叫它马槽鼎。由于太重，无法运出，就准备锯开分割再运，也没成功。当时正值日本帝国主义侵略中国，驻在当地的日军一听到这个消息，垂涎三尺，悬赏70万元，要得到此鼎。当地农民闻讯后意识到这只马槽鼎的价值，为不使国宝流失到日本人手中，就又把它埋了起来，在日本人逼得凶时，送给他们一个小铜鼎糊弄过去。直到抗战胜利后，1946年才又把它挖出来，可惜损失了一只鼎耳，后来补铸了一只上去。现此鼎陈列在中国历史博物馆中。由司母戊鼎可以看出商代青铜器冶炼和铸造水平之高。

青铜要比纯铜熔点低，只有960度，但硬度要高于夏代的那种纯铜，即红铜，这种纯铜熔点达到摄氏1 000多度。商代炼铜的设备主要是用耐火材料制成的坩埚，因其形状像古代武将的头盔，考古学称之为将军盔。它底部有长柄，使用起来很方便，尤其是铸造司母戊鼎一类的巨型大器，只能用这样的坩埚化铜浇铸。后来也出现了鼓风式炼炉。所用燃料就是木块，商代青铜器是用陶范来铸造，就是在制作器物之前，先按照器形用泥制成模子，烘干后就成为陶范。

司母戊鼎

铸造时把熔化的铜汁浇入范中成形。大的器物要用几块、甚至几十块陶范分铸，再合铸，像司母戊鼎就是这种情况。

目前出土的商代青铜器分布范围很广，西到陕西，南到湖南、江西，北到辽宁都有出土。各类可分成：（1）生产工具，如锄、铲；（2）手工工具，如凿、刀；（3）武器，如矛、戈、簇、剑等；（4）礼器和生活用器，如勺、尊、鼎、壶：（5）乐器，如铙、鼓；（6）车马器，镶嵌于车马头上。尤其是当时武器中铜簇即铜箭头出土很多，说明青铜在商代已广泛应用于战争中，而战争对于铜的损耗是相当大的，由此也足以证明商代青铜器制作已相当繁荣。1938年在湖南宁乡出土的四羊方尊可以说是商代最精美的青铜器，高58.13厘米，口每边长52.4厘米，设计巧妙，把器物和动物作了有机的结合。它的四角各有一只半伸头的羊，而且尊身上还饰有龙、凤鸟、云雷、兽面、蕉叶等多种图案，堪称瑰宝。另外，在商代的青铜器中，还发现了铁刃、铜戟。经考证，这种铁刃是用陨铁（陨星的一种，俗称自然铁）锻打镶嵌的，不属人工炼铁。虽不具实际意义，但已很难得，说明当时人们已认识了铁。

周代同属青铜时代，青铜器制作在工业中占有主要地位。西周前期基本上继承了商代青铜器的特点，但随时代发展，二者逐渐有了较明显的区别。在形制方面，商代青铜器厚重古朴，周代青铜器则显得轻简巧薄；从纹饰上看，商代青铜满铸饕餮纹、夔龙纹，显得神秘怪诞，周时青铜器要轻松活泼得多，主要有云雷纹，后来渐渐有攻战、宴乐图案，更接近现实生活，这也与商代崇拜鬼神、周代统治者的享乐思想有关。另外，商代青铜器多神怪花纹，很少铭文刻字，有的话也很少，最多不过40个字；周代则不同，在器物上大量刻有纪事、宣扬武功的文字。最多达到479个字，即著名的毛公鼎，创下了中国青铜器铭文之最。这些字被称为钟鼎文，成为研究古代中国社会生活的重要史料。周代青铜器数量上多于商代，质量却不如，但周代开创了中国铜质货币铸造的先河，铸有刀形、铲形、贝形的货币。

### （二）制陶业

制陶业是商周时期较大的工业部门。虽然当时青铜铸造已很发达，但多属礼器和兵器，并不易得，所以不论官民多用陶器。

商代陶器同前代的陶器相比，最大的变化是带彩陶器的消失和刻纹陶器的出现。这主要是与当时需求量大，产量提高，从而形成规模生产有关。商代的陶器多是原始灰色，但与前代相比，制作技术明显地进步了。代表商代制陶水平的是原始瓷器，它的烧制温度今天考证要达到1 200度，质地坚硬，在表面覆盖着一层釉，高温之后形成玻璃质，能够防止水、空气侵蚀。这种原始瓷器是中国瓷器的起源，我们称之为原始青瓷或原始瓷器。它的出现，是中国古代陶瓷史上的一件大事，它开辟了瓷器发展的新系统。

商代陶器中最富创造性的应属白陶，又叫刻纹白陶。除商代外，尚未发现其他朝代有这种陶器。白陶最初发现于河南安阳殷墟，它同原始瓷器一样，以专门的瓷土高温烧成，颜色纯白，陶质坚硬，在器物表现上刻有各种花纹，有点像青铜器，但造型秀雅，色泽皎洁，达到了当时制陶的最高水平。白陶是商代制陶工业的伟大创举，出土不多，完整的尤其少，由此也可推测，白陶在商代时即属珍贵物。事实上，它不仅是我国陶瓷史上的光辉杰作，也是世界文化史上少有的工艺美术品。

刻纹白陶

在商代后期还出现了许多随葬用的陶器明器，也叫冥器，多属仿制实用器物，花纹粗糙，有的只是象征性器物，反映了大规模的带有商品性的生产。

周代陶器业继承了商代的技术并有了自己的特点，数量、种类都有所超越，釉色丰富，有姜黄、绿色、灰青色，不同于商代陶器颜色单一。但总的说来，精品不多。在周代宗庙遗址中，发现了我国最早使用的瓦。在西周中期，家室宫庙的屋顶已全部铺瓦，有板瓦、筒瓦之分，并且有了瓦当，即筒瓦之头，呈半圆形，这既是制陶业，也是建筑技术的发展。

### （三）玉器制作

玉器在一定意义上说，是中国特有的艺术品。从新石器时代直到今天，玉器的雕琢工艺延续了几千年。商代的玉器之多也是前所未有的，许多商代墓葬都有大量玉器出土。从墓葬中玉器的多少，大致可以看出墓主人的身份和地位。如1970年河南安阳小屯村发掘的商代一个叫妇好的人的墓，出土玉器755件，数量多，形制精，玉料好，足以说明她的王室崇贵地位。商代的玉料有白、青、绿、墨等品种，按用途分玉器有礼器，如璧、圭、璜等；象征性的生产工具或兵器，如玉矛、玉戈、玉匕首等，主要为玩器，并不实用；还有就是实用的装饰品和祭品，如头饰，手镯等。商代最有名的一件玉器当属一只玉凤鸟，凤鸟是商代崇拜的鸟。这件玉器长16.5厘米，形制精美，光亮润泽，由此可见商代玉器制作的发展水平。

西周的玉器工业也较发达，主要是因为奴隶主贵族不仅在举行各种盛典或祭祀时，需要各种名目和规格不同的玉制礼器、祭器，而且在日常生活中，也用玉作为显示自己身份的装饰物。一些贵族身上常佩戴各种玉器，构成组玉。如在体侧佩戴的半环形的玉器称为璜，体前佩戴的环形带缺口的玉器称为玦，分类很多。除实物出土外，在古籍文献中也常见玉的描述，在《诗经》中就有不少歌颂美玉的诗篇，如称赞一个人的品格高尚，就说“其人如玉”。在今天我们也常用玉来形容事物，如说一个人洁身自好，就说他“守身如玉”。寄托了人们对玉的美好遐想。在周代，不少男女把玉作为定情的信物，如《诗经》里写“投我以木瓜，报之以琼琚”，意即姑娘给小伙子一个香甜的木瓜作礼物，小伙子回报一块玉佩。玉器的制作需精心打磨，因此现代有句成语叫“他山之石，可以攻玉”，说明了玉器以专门的技术来打磨的制作过程。现在这句成语已引申为拿别人长处弥补自己缺点的意思了。

### （四）纺织工业

商代的纺织业是从农业生产中作为副业发展起来的，但已成为一个独立的生产部门。在商代已有丝绸绫绢等织物，但那也只有统治者才穿得起，为贵族专用，劳动人民只能穿麻布衣服。到了西周，纺织工业达到了相当高的水平，不少遗址出土了陶纺轮、纺砖、骨针等物，可以作为纺织业发展的见证。在陕西宝鸡茹家庄西周时墓地还出土了不少玉蚕，大小从四厘米到一厘米不等，形态逼真，说明人们已对蚕有了一定的认识。

在商代，除上述工业外，还有骨角器制作，玉器工业和木制品工业，车舟制作工业等，而且都达到了相当高的水平，并有遗物流传下来，也对后代产生了很大影响。

商周工业达到了中国奴隶社会工业发展的顶峰。这主要是广大奴隶的辛苦劳作而铸就这样的辉煌成就。但处在奴隶主贵族专政的时代，广大奴隶和平民却享受不到自己创造的成果，许多人反而为此献出生命。在一些青铜器和陶器作坊遗址中，常能看到一些人的遗骸，他们手脚被捆着，有的甚至身首异处，显然是非正常死亡，他们是被用来开始制器时作为人牲祭祀上天的。在许多大奴隶主的墓葬中，那些奴隶们连同他们制的精美器物被奴隶主作为殉葬品活埋入墓中。在那时，奴隶们没有生命权、财产所有权和人身自由，后人不知他们的姓名，但他们却为人类留下难以计数的精美遗产，丰富了中华民族乃至世界文化的宝库，这些功绩是永远抹杀不掉的。

## 三　春秋战国工业

春秋战国属于我国东周时期。春秋时期从公元前770年到公元前476年，这段时间与孔子所编的鲁国史书《春秋》的所述年代相当（前722至前487），史称春秋。从公元前475年到公元前221年，各诸侯国之间连年混战，史称战国。春秋战国构成了东周这段分崩离析的历史，是我国历史上第一次大分裂时期，直到秦始皇统一中国，其间各国争霸称雄，出现了春秋五霸、战国七雄。同时，这一时期又是中国奴隶制解体、封建制确立的过渡时期。表现在工业上就是工业部门日渐齐备，并有长足的发展，又带有明显的地方特色，而且出现了官府工业和民营工业之分。到了战国，更有独立的手工业者地位确立，男耕女织的中国自然经济局面也在这时形成。可以说，相对文化上的“百家争鸣”，工业上则是“百花齐放”。

### （一）冶铁工业和铁器铸造

说起春秋战国的工业，首要提及的就是冶铁业，这有点类似于商朝工业与青铜器业的关系。因为中国开始用铁，或冶铁术的采用，始于春秋战国期间。从春秋开始，中国结束青铜时代，进入铁器时代。作为春秋战国时期新创立的工业部门，铁器并未在当时就占据主导地位，中国铁器盛行的时代是在战国到西汉之间，当时的农具、生活器具多用铁制，但兵器仍然兼用铜，铁器的全盛时代则要到东汉以后，那时，兵器也用铁来制造，铜料显得很缺乏，成为紧俏物资，反而禁止随便用铜了。

这一时期冶铁业的发展，一方面是由于铁矿的开采，另一方面是冶铁鼓风炉的发明创造。春秋以来，官府封禁山林池沼，设有专门的官员“虞”来管理，到了中后期，人口渐多，人们冲破禁令纷纷进入禁地开发资源，各取所需。到了战国初期，各诸侯国索性自动开放禁地，于是资源渐被发现。而当时的人们也懂得根据地面矿苗来找矿，如有记载说当时人们知道“上有赭者，下有铁”的道理。战国时的著作《山海经》中记载，当时出铜之山 467 处，出铁之山 3 690 处。虽有夸张，但可推测当时铁矿开采已很普遍。冶铁术的发展又与鼓风炉的发明分不开，铁的熔点达 1 500 度，高出铜许多。这就必须有良好的鼓风设备，战国时这种鼓风设备是一种大皮囊，两端紧束，中部鼓起，鼓风时用力将皮囊压扁，通过称为“籥”的竹管鼓风入炉中，以提高炉温，这一切都靠人工来完成。传说中国古代有两柄宝剑叫“干将”和“莫邪”最为珍贵、锋利，在铸造时，由童男童女300人鼓风、装炭，然后才铸成此剑，冶铁业情况从中可见一斑。

冶铁术的发展，促进了铁器制造工业的产生。通过在今河北省兴隆县出土的一批战国时的生产工具铸范，足以说明此时在铁器铸造上的进步，因为铸范已不再采用陶范，代之而起的是铁范，可连续使用多次，制出来的器物也更精美，用它不但可以铸造铁器，还可以铸造铜器，铁范的出现可以看作是铸造工艺方面的一次革命。

鲁 班

春秋战国时期，铁器可分为农具、手工工具、兵器和其他铁器四类，其中以铁农具的铸造为最多。器类有锄、镰、犁等，用途各不相同。出土的范围也很广，大体相当于战国时韩、赵、魏、秦等国的山西、河南、陕西等地，可见当冶铁铸造中心大多位于黄河中下游的中原地区。但战国时期的铁制农具，大都形体薄小，刃短质脆，效率不高，甚至许多农具都是铁刃木制农具，例如铁犁主体仍为木制，只是在刃部包有V形的铁刃，可见当时铁制农具并未大规模普遍使用。铁制的手工工具有斧、锯、针、刀等。传说锯的发明者是我国古代的能工巧匠鲁班。一次他上山伐木，不慎滑倒，情急之中抓住一把草，却不料手被划破，他仔细观察了草叶形状，发现草叶边缘长有锯齿，当时他正为用斧头伐木效率低而着急，由此受到启发，发明了锯，后来鲁班被尊奉为木匠业的祖师。战国时铁制兵器开始用于战争，种类有矛、剑、钩，但还未能取代青铜兵器在战争中的主导地位，数量还占少数。

### （二）春秋战国时期的铜器铸造

由于冶铁业在春秋战国属刚刚兴起的工业部门，许多方面尚有待于完善提高，因此，传统的青铜制品在一些行业部门中仍占有一定的地位，虽然已到晚期，却更显示出成熟的余晖。考古发掘所得的春秋战国时期的重要青铜器，为中国古代科技史增添了许多新的内容。例如越王勾践剑，铸造于两千多年前，花纹华美，装饰精良，至今保存完好，光彩照人。据考证里面掺有镍的成分，反映了制作技术的高超。20 世纪 70 年代在湖北大冶铜绿山春秋时期铜矿遗址的发现，是目前世界上发掘的同时代面积最大、技术最先进的古矿遗址，充分说明中国青铜文化是土生土长，并非如过去西方学者认为：中国青铜文化来自西方。

最能反映春秋战国时期青铜冶铸技术的珍贵实物当属 1978 年在湖北随县出土的曾侯乙墓青铜器群，其中的一套编钟，三层八组六十四钟，加上楚惠王造的钮钟，共六十五钟，总重达2 500多公斤，装饰华丽，编钟框架之间采用精巧的佩剑铜人为支柱，精美异常。更令人称奇的是，这套编钟不但能演奏中国古曲，而且具有完整的十二乐音体系，能演奏欧洲近代著名作曲家贝多芬的第九交响乐《欢乐颂》的旋律，这又是怎样令人叫绝的配合啊！加上这座墓出土的其他各类青铜器物，总重达10吨左右，是历来出土的青铜器群中最重的。而其中的铜尊、铜盘，可以说是商周青铜器精品中的精品。它的透空附饰，使它们成为传世和出土的青铜器中最复杂和精美的器物，关键是由于使用了失蜡铸造法。那么，失蜡铸造法何以这样神奇呢？下面作一简单的介绍。

失蜡铸造法也叫熔模铸造法，是中国首创的一种精密铸造法。程序是先将易熔的模料如蜡制成熔模，样式依据所要铸的器物，外面涂上耐火、耐高温的涂料形成硬壳，再把中间易熔的模料烧熔流出，然后注入液态的金属，冷却后即成为要铸的器物了。通过失蜡法铸造的铸件表面光洁，尺寸精确，应用广泛。仅举一例即可证实，在20世纪40年代，美国曾用失蜡铸造法制作喷气式发动机的叶片，并取得巨大成功，20世纪50年代中期，这一方法在全世界推广，在航空、仪表、舰艇、机械等部门得到广泛应用，直到今天对中国的精密铸造技术也有一定的借鉴作用，可见其奇妙伟大之处。

在春秋战国时铜器铸造业中值得一提的还有铜镜和铜鉴的制作。铜镜和铜鉴虽同属照面用具，但形制并不相同。铜镜多为圆形和方形，一面磨光发亮用来照面，背面铸有花纹，中国最早的铜镜始于春秋，但盛行于战国。铜镜中含有一定比例的锡铅，锡的作用在于增强硬度，具有光泽，铅的作用在于使镜面匀整，无泡斑。铜鉴的形状则似盆，以铜鉴照面要先盛水在内，在平静的水中人俯视方能照面。战国末期流行的铜鉴，已不单单具有照面的实用价值，而且也是权贵们斗富显奢的玩器。例如在河南辉县出土的一件战国铜鉴，形体似盆，大口小底，刻有三层宴乐射猎图，显然已不是用来简单地照面了。

### （三）陶瓷工业

从目前出土的春秋战国墓葬中的陶器来看，实用的不多，多数殉葬用的明器，制作粗糙，不太讲究，而且地域色彩很浓厚，但在一定程度上也可以反映出当时生活用器皿的大概情形。

春秋战国时期的制陶工业对传统的制陶工业技术上贡献不多，但把陶器的应用范围扩大到了建筑业方面。在洛阳、邯郸等地的战国遗址中，都曾发现有大量的版瓦、筒瓦、瓦当以及陶质下水道等遗物。瓦和砖的创制是中国建筑史上的一大进步。在古代传说中有“昆吾造瓦”之说，昆吾是夏代的联盟部落，姓已，居住在今河南许昌东，传说善于制造陶器和铸造铜器，这仅是传说而已，实际上商代还没有瓦，周代也才刚刚开始用瓦，还不普遍，到了春秋战国才开始推广。这可从遗物来考察，在郑州就出土有大型方胜锦纹花砖，已用来铺地，而战国的瓦的形制与汉代的瓦已难以区别，可见技术之进步。

商代出现的原始青瓷，历经西周至战国，已突破了青瓷的原始性，被称为早期青瓷。这些早期青瓷表面施釉，胎质坚密，器形规整，并多仿青铜器，有的甚至还制成编钟样式，反映了中国青釉器由商代出现后至此的一个由低到高的发展历程。

### （四）漆器工业和煮盐业

考古发掘的中国古代先秦时代的漆器以战国漆器最为著名，其中又以楚国的漆器为最优。由于长期使用，至此时漆器的种类亦显种类多样，从生活用具的漆盒、漆奁到兵器中的剑鞘、箭杆，甚至连墓葬中的棺木都有漆器，漆色也达到红、黑、黄、金等十种，又以前两种为最多。漆器上画工精巧，构图美观，纹饰多样，可以说是中国古代装饰图案中最灿烂的，对后代艺术有很大影响。

煮盐业也是春秋战国时期发展起来的新兴部门，分海盐和池盐两种。海盐主要产于山东沿海，池盐主要在山西。在春秋时，盐业尚有官府经营和民间经营之分，但到了春秋末年，实行专卖制度，全为官制，不许民营。主要原因是由于利益驱使，盐作为生活必需品，煮盐业获利丰厚。如春秋商人猗顿，以煮盐业起家，富比王侯，曾协助越王勾践复国的范蠡在功成后改名陶朱公而经商，煮盐业为其从事的商业活动的重要内容。他本人也被尊奉为商人的始祖。但由于春秋战国时煮盐业的情形，尚缺乏详实的实证，只能从史书中寻得一些证据，本节从简叙述。

当然，春秋战国时期的工业部门远不止于此，像车船制造、纺织印染业等工业已有相当的发展。例如纺织工业中的丝织业取得很大进步，丝织品种类繁多，有锦、纱、绢、缟等。与之相配合的是炼染业已逐渐形成一个独立的工业部门，丝织物着色前都要精练，去掉污垢油脂，再用植物染料或矿物染料来染色，即草染和矿染。但总的来说，其成就不及其他工业部门显著突出。

# 第二章

# 从秦汉到隋唐的中国工业

# 一　秦汉大一统下的中国工业

秦汉是中国历史上极为重要的历史时期。经历长期的分裂动荡走向统一，这在中国历史上是很重要的事。新中国建立后，史学界讨论的五个重大历史问题，即古史分期问题，封建土地制度问题，汉民族形成问题，资本主义萌芽问题等，有四个问题涉及到秦汉这段历史。在中国历史发展过程中，秦代以前和以后的状况应当说是截然不同的，秦王嬴政建立了中国历史上第一个统一的多民族封建国家，此后，经历了西汉、王莽的新朝和东汉共400多年的发展，为我国在民族、疆域、政治、经济、文化和思想诸方面奠定了基础。在以后两千多年各王朝的兴衰替变中，都给人以“万变不离其宗”之感，它们遵循的大致仍属秦汉时期的基本体制直到近代鸦片战争的爆发。

具体到对工业发展的影响作用，则更为显著。和平稳定的大一统环境为工业发展首先提供了前提条件。下面将分别叙述秦汉时期工业概况。

## （一）冶铸工业

冶铸工业含钢铁冶铸、铜冶铸和其他金属冶铸。

经过秦代的重视经营，到了西汉，钢铁冶炼技术已有了很大提高。随着生产力的恢复和发展，各种生产工具和生活用具需求增加。在产量和质量方面都达到了一个新的高度。解放后，河南巩县出土了一件西汉铁镢，在其中发现了球墨组织，而现代球墨铸法最早在1948年欧洲出现，方法是在铸铁时加入少量金属镁和稀土元素，使铸件富于韧性，易于锻造。西汉的铁镢并不含有镁、稀土元素或其他碱性金属，但这种在世界冶金史上罕有的技术，对研究现代球墨铸铁的生产工艺和理论仍有现实意义，它也代表了中国冶金史上的一个突出成就。而这一成就的取得，是与当时冶炼技术的提高分不开的。在西汉时期，冶铁高炉高达三四米，容积有50立方米，日产量可达半吨到一吨，这在两千年前的西汉取得这样的成就是相当杰出的。而维持这样大高炉的正常生产也是不容易的，需要几个皮囊同时鼓风。到了东汉时，在冶铁中心南阳，太守杜诗发明了水力鼓风设备——水排，大大提高了炼铁效率，同时，还能磨面，一举两得，这比欧洲采用这一技术早了1200年。在西汉时冶炼所用燃料已有煤，但仍以木炭为主。到了东汉，已大规模用煤，称作石炭。这些冶炼新技术、设备和燃料的采用，使得汉代钢铁质量有明显提高。西汉时期继承了炼铁加热渗碳反复锻打制钢的“百炼成钢”法，东汉时人们又发明了铸铁脱炭成钢技术，这在世界冶金史上具有领先地位。在铸造技术上，东汉时期人们发明了叠铸法，把若干个泥范叠加起来装配成套，这样一次就可以铸几十个铸件，设计科学，省时省料，发达的秦汉时期冶铸钢铁技术使铁器日益增多，日见精良，从而取代铜器，在农具、兵器、生活用具等方面占据了主导地位。

铜器铸造业在这时虽已不再居主导地位，但仍盛行一时，秦始皇墓出土的铜马车即反映了当时水平。西汉武帝时铸造的铜五铢钱币（铢，古代重量单位，二十四铢等于一两），制作精良，质量可靠，重量适中，颇受欢迎，虽然后来各王朝币制有所变化，但大体仍沿用五铢钱体例。汉代的铜镜则反映了汉代铜铸技术的巧妙，现存上海博物馆的两面西汉铜镜，外形与普通汉镜无异，但当光亮的镜面承受日光或聚光灯照射时，墙上却出现与镜背相同的花纹图案，堪称奇妙，说明当时人在铸镜时发现了由于应力所产生的“透光”现象，并掌握了必要的研磨技术。1968 年，中国科学院考察挖掘了河北满城的西汉中山靖王刘胜和其妻子的墓，出土的铜器中有一件宫灯，因铭文中有“长信”字样，遂命名为长信宫灯，制作精巧。形状为一宫女手捧宫灯，赤脚跪坐，神态谦恭，高 43 厘米，设计更为独特，灯可以拆卸，灯盘可以转动，灯罩可以开合，能随意调整灯的亮度和照射角度，宫女的右臂和灯的烟道相通，从烟道而来的蜡炬通过右臂的管道可以溶于体内，以保持室内清洁，宫女的头可以装卸，体内中空，便于清洗。而另一件错金博山炉更显示出西汉铜器铸造的精湛之处。所谓博山炉就是用来焚香用的铜具，因炉盖铸山

长信宫灯

形，上有人、兽相搏形象，故名博山炉。这座博山炉高 26 厘米，炉座透雕蟠龙纹，炉身和炉盖铸出高低起伏的山峦多层，其间配置猎人和野兽奔驰的形象，通体用黄金错出流畅生动的纹饰，远比一般的博山炉精致，是西汉青铜器的代表之作。东汉时青铜器精品不多，铁器已完全确立了主导地位。

其他金属冶铸主要指金银锡铅等金属的冶铸，它们多用于铁或铜的冶铸中，不另作叙述。

### （二）陶瓷工业

秦汉时的陶瓷工业很值得书写，在以往的论述中，往往忽略了秦代的成就，认为短命的秦王朝并无成就可言，其实并不这样。1974 年在秦始皇陵东四里处发现了三个规模巨大的兵马俑坑，成千上万的车、马、俑人均为陶制，排列整齐，呈战斗阵势，人高八尺（约合 1.89 米），马长一丈（约 2 米），刀矛剑戟均为青铜铸造的实战武器，充分展示了秦国横扫天下，统一全国的雷霆万钧之势。所制陶俑，分步兵俑，将军俑，牵马俑，形态各异，无一雷同，细致到甚至俑的胡子式样都有差别，充分说明秦代制陶业绝非我们想象的一片空白。

汉代陶瓷工业更为发达，具有历史突破意义的是到东汉时中国瓷器已烧制成功，从东汉瓷器的考证来看，不论是淘泥、制胎、施釉、烧温等方面均已达到了真正瓷器的要术，这种早期瓷器的出现为魏晋时期中国瓷器制作走向成熟奠定了基础。但这时陶器仍很盛行，尤其是东汉时陶器明器的制作兴盛异常，种类繁多，有陶仓、陶灶、陶井、陶磨坊、陶猪圈等，不一而足，对关于东汉时期的许多社会生活状况的研究都有帮助。而鸟兽的制作更显得惟妙惟肖，例如在河南辉县出土的一件东汉陶狗，两耳直立，嘴巴大张，前腿踞，后腿卧，正在吠叫，非常逼真可爱。在秦汉，除大量使用陶瓦外，砖已开始由铺地发展到建筑房屋、墓穴，使用范围拓宽了。

### （三）纺织工业

秦汉时期的纺织工业的发展主要体现在西汉，以一个历史名词即可证明当时纺织工业尤其是丝织业的兴盛，那就是著名的“丝绸之路”。丝绸之路分海、陆两途，在西汉主要在陆路，因为在这条路上大量的中国丝、绸从西汉都城长安出发，经河西走廊，今新疆，古称西域，跨过葱岭，过中亚各国，抵达地中海，再转运到罗马帝国各地，由此而得名丝绸之路。它在历史上增进了欧、亚、非各国和中国的友好交往，大量的中国丝绸源源不断地运往西方，成为西方上层贵族喜爱的衣料。不难想象，西方的贵妇人们穿着华美的由中国丝绸制成的衣服，在舞会上翩翩起舞，而达官显贵们一边喝着用中国的瓷器盛着的咖啡，一边痴迷地想着在遥远的东方有个如同丝绸一样美丽而又富庶的王国——汉。

在汉代，纺织品种类繁多，人们通常所说的帛只是对丝织品的通称，而因质地、原料等的不同而具有不同的名称。像丝织品中的练、缟、素、绢、纱、纨等都已基本齐备。汉代织物最高水平代表要数五彩缤纷、色彩斑斓的织物——汉锦，作为一种高级织物，只有达官显贵们才能享用得起。另外，在长沙马王堆西汉古墓出土的丝织品中有一件素纱衣，薄若烟纱，仅重四十几克，还不到一两，有如今日的尼龙纱，可见当时的丝织水平之高。而当时的麻织业也大大进步，当时四川出产的麻布和山东的丝绸一样有名，行销全国甚至国外。

精美的丝织品离不开先进的纺织工具。据说西汉时钜鹿人陈宝光的妻子创制了一部高级提花机，有120蹑，远高于一般的织机有5.60蹑，因工艺复杂，要60日才能织出散花绫锦一匹，价值万钱。到东汉，织机上已普遍使用脚踏板，比欧洲采用这一技术早1000多年。

通过对冶铸、陶瓷和纺织工业的介绍，从中可充分体会到大一统的政治环境为工业的发展提供了一个基本前提，由此促进了工业的发展，在许多方面甚至产生了突破，这在以往很容易被我们所忽略。

## 二　汉代的造纸术

在纸发明前，中国文字主要刻在龟甲和兽骨上，称为甲骨文，或刻在铜器或其他器物上，称为铭文。到了春秋时，人们开始使用细长的竹片或木片作为记录的材料，称为“竹简”、“木简”或“木牍”。一般每片竹木简很窄，只能写一两行字，长短不同，也只能写8~40个字，所以写一篇文章或一部著作，就必须把许多竹木简用牛皮条或其他绳索串起来，叫作编，使用起来既笨重又很不方便。当时还有另外一种较为轻便的书写原料，就是帛，因为帛丝质可以卷起来，也叫卷（juàn）。简编价格便宜但不方便，缣帛轻便但价格昂贵，两者都不适合作书写原料，随着社会经济文化的发展，纸的发明势在必行。

蔡 伦

关于纸的发明者，目前史学界公推东汉的宦官蔡伦。但也有人认为在蔡伦之前已有纸，蔡伦只不过是对原有的纸进行改进，使它便于书写而已。因为东汉以前出现的植物纤维纸都有一个共同的致命弱点，那就是不宜作书写用纸，实用价值不大，推广也不普及，到了东汉和帝时，才由宦官蔡伦在总结前人经验的基础上，利用树皮、旧渔网、破布、麻头为原料，制成一种便于书写而又便宜的纸，人们称之为“蔡侯纸”，因此把蔡伦评价为中国造纸术的发明者是正确的。

蔡伦造纸的工序并不繁琐，首先是把上述原料剪切整齐，以利于纤维分散，然后放在一起沤煮和洗涤，使树皮中的果胶、木素之类的物质得以脱除，去除杂质，再舂捣成糊状，加强纸的强度，用一定的模子将纸浆抄造定型，再用外力使之稳定、定型。由于蔡侯纸原料丰富，制作方便、价格低廉，因此在全国普遍推广，经过200多年的发展，到了东晋末年，纸完全取代了简帛，成为通常书写用的材料。

在中国的造纸术发明前，世界各地使用过各种书写材料，例如古埃及用过莎草片，古代巴比伦用湿泥板刻字再烤干，古印度用贝多罗树的叶子制成贝叶供书写用，中世纪欧洲还盛行用羊皮作书写材料，它们或是使用不便，或不能耐久保存，或者价格昂贵，都有很大的局限性，对文化教育的普及发展极为不利。在我国造纸术发明后，6世纪时传到朝鲜、日本、越南，8世纪时传到西亚、北非，10世纪取代了埃及的纸草，又由阿拉伯人传入西欧，公元1150年西班牙开始造纸，1189年传到法国，1276年传到意大利，1320年传到德国，美国要到1690年才有了第一家造纸厂。可以说从公元前2世纪的西汉到18世纪初年，长达2000多年的时间中，中国的造纸术一直在世界上居于领先地位，现代机器造纸的主要技术环节都能从中国古代造纸业中找到最初的发展形式。有了造纸术和后来的印刷术，使人类的知识得以大量记录保存，广泛传播，人们能迅速掌握前人的文化知识并发扬光大，可以说造纸术是造福人类的伟大发明，值得我们自豪。

## 三　从炼丹术到中国古代化学工业的出现

炼丹是中国古代方士的术语，也是道教的法术之一。方士，就是我国古代好讲神仙方术的人，起源于战国燕齐一带近海地区，以修炼成仙和不死之药骗取人们的信任。丹即“丹砂”，原指将朱砂放于炉中烧炼，后来有内丹、外丹之分，那种以静功和气功修炼精、气、神的叫内丹，用炉火烧炼药石的，叫外丹。因为炼丹术企图把普通金属变为黄金、白银或“长生丹”，所以也叫炼金术、点金术或黄白术。可见炼丹术可分为两类，一类是炼仙药，另一类是炼金银，都属科学尚不发达时的迷信活动。

从战国到汉初，盛行神仙之学，历代帝王总想长生不老，于是就有些人投其所好，自称能炼出长生不老的药来，而且有人认为，要想成仙，首先就要吃仙药，然后才能得道成仙。其中最古老的传说中的神仙住在海外，当年秦始皇就曾花了很多钱，派了不少人到海外求仙药。汉武帝晚年也积极求仙问药，但都没成功。东汉时有个叫魏伯阳的方士，写了一本炼丹书，还炼了不少“仙丹”，先给他的狗吃，狗死了，他不信，自己又吃，结果也死了，反而以为自己成仙升天了，执拗得很。到了魏晋南北朝时期，国家长期战乱，人们普遍感到前途渺茫，一些崇尚玄学的虚无思想大行其道，炼丹术更是异常发达，并对当时工业产生了一些影响。

在东汉与西晋之间发明的“灌钢”冶炼法，就与当时讲究方术的道家有关。具体方法是将生铁液灌入未经锻打的熟铁中，炼出品质较好的钢，方士们称为“阴阳合和”，并且用动物便溺来淬火，这些都符合炼钢原理，虽然不是他们的本意，但在炼钢技术上是一大提高。有些炼丹家常年在崇山峻岭中采药石，需要防止野兽袭击，有锻炼上等的利剑佩带对他们的生命也是一种保障。他们探金石，在深山古洞里炼黄金，制造“长生药”，很讲究“炼”。由于他们胆大敢探索加之能吃苦，以至于炼出了不少新的物质。例如由中国人发明的白铜和黄铜，约发明于南北朝时期，据中国化学史研究者推测，是由炼丹家最先发明的。因为白铜是由铜、镍矿石合炼成的，黄铜是由铜、锌矿石合炼成的，这些合炼法都与炼丹家的活动分不开。因此，魏晋南北朝炼丹术盛行的时代，也是中国化学工业大发展的时期，炼丹术在演示过程中积累了丰富的关于物质变化的经验，出现了世界化学史上占有重要地位的炼丹家，如刚才提到的魏伯阳，东晋的葛洪，南朝梁代的陶弘景等，他们的影响并不仅限于冶铸，而扩大到其他相关行业如药物、兵器等，虽然并非出于他们的本意。这种现象在古印度、埃及、阿拉伯等地都存在，但随着科学的发展，炼丹术逐渐缩小了影响。到了 18 世纪，由于燃素说的出现，使化学逐渐脱离了炼丹术，但在历史上，许多炼丹家发现了一些化学现象，并制备了一些合物，对古代化学的发展曾有过一定的影响。可以说，古代化学工业是炼丹术的副产品。

炼丹术的另一项副产品便是火药的发明。这件事以“无心插柳柳成荫”来形容是再恰当不过了，那些醉心于淘金炼银，不老仙药的方士们，做梦也不会想到，在中国的四大发明中竟然会有他们的一份功劳。

火药是“火”、“药”二字组成的，这并非偶然。因为火药里的两种主要成分，硫磺和硝石都属药品，即使在火药发明以后，药物学家仍把它们列入药类。例如明代伟大的药物学家李时珍，就把火药收入他的《本草纲目》中，并指明火药有“治疮癣、杀虫、辟湿气、瘟疫”的作用，可见火药最初是一种药品。

火药的发明与方士的活动炼丹药有密切的关系。这些方士们在用类似火药的药料制造某种药物或变化某种药时，这些药料发生了类似火药的作用，从而发明了火药。火药的发明时间是在唐代，因为唐代皇帝也都信炼丹术，他们姓李，自称是老子李聃的后代，因此特别信道教，道教的炼丹家也特别多。唐代皇帝中宪宗、敬宗等好几个都是因服丹药过量而死的，但这并不影响炼丹家们的受宠，于是也促进了火药的发明。第一次把火药配方记录下来的是唐初的炼丹家和药物学家孙思邈，他写了一部《丹经》，书中谈到硫磺“伏火”法，就是把硫磺、硝石各二两，研成粉末，放进砂锅；再挖一个坑，把锅放进坑里，使锅台与地面持平，用周围土填实，再把烧成红炭的三个皂角，一个个放入锅中，不小心就会起火。这个事例说明孙已掌握了硝石、硫磺、木炭放到一起会起火的知识。唐朝中期另一部炼丹书提到了试验硝石伏火的方法。唐宪宗时一个叫清虚子的方士写的一本书提到了矾伏火法。综合起来，当时有三种伏火法，即硫磺、硝石和矾的伏火法。虽因为药力太弱，不能爆炸，但都是制造初期火药的方子。总之，唐代已实际发明了火药。由于我国古代方士和军事有密切的关系，一些握有这些方子的方士们为求功名利禄，把药方献给了军中将领，到了唐末，火药已从炼丹家手中转移到军队中。

最初用火药制造的武器叫做“火箭”，这种火箭也叫飞火。宋朝路振的《九国志》记载，在五代时期，有个叫郑璠的将领攻打豫章，曾“发机飞火”，烧毁了豫章的龙沙门，他在率众突破龙沙门时，也被烧伤了皮肤，可见火药在此时已发挥威力了。宋朝以前，有各式各样的火箭，但都以燃烧为主，宋朝以后逐渐用火药制造爆炸性的武器了。

8 至 9 世纪，中国炼丹术传到了阿拉伯；到 12 世纪前，唐朝人发明的火药已传到阿拉伯；13 世纪，欧洲国家开始接触到火药火攻法，并学习制造火药和火具。唐朝发明的火药，对整个世界文明产生了巨大推动作用，至今仍在工农业生产中、科学技术和国防建设上起着巨大的作用。

## 四　隋唐工业

隋唐时期是我国历史上继秦汉和西晋之后的又一个大

一统时期。隋代因统治时间短暂只有37年，其工业可叙说的主要集中在瓷器业、造船业和造桥技术。隋代是我国瓷器发展的重要阶段，其突出表现是白瓷出现。隋代白瓷胎质坚硬，色泽晶莹，造型生动美观，是我国较早出现的白瓷。由于隋炀帝爱游乐，坐船去扬州看琼花，所以隋代造船业格外发达。隋炀帝乘坐的龙舟，高45尺，长200尺，宽50尺，分四层，上层有正殿、内殿和东西朝堂，中间两层有许多房间，富丽堂皇。而杨素督造的战船称为五牙大战船，分五层楼，高百余尺，左右前后设置六个拍竿，可以拍击敌船。可见隋代造船技术是很高的。若论造桥技术，很容易使人想起赵州桥，其设计者著名工匠李春为我们留下了这座造型优美、简便耐用的桥，实在是非常可贵的创造。

隋代在某种程度上是唐朝的一个准备期，这点与秦汉的情形相类似。唐代的工业代表反映了唐朝的繁荣昌盛。当时唐朝的主要工业部门都是由官方来经营的。由于承平日久，国泰民安，大一统的环境对工业的促进作用益发显著。唐代工业发展相当迅速，内部分工极细，最重要的工业部门有造船、矿冶、瓷器、铸钱等，不论是技术水平、产品种类和生产规模都超过了前代。

### （一）纺织业

在唐朝前期，其生产格局基本上仍是北方善织绢，南方盛产布，但南方的丝织物产量已迅速提高。当时的丝织物品种和花式都很多，争奇斗艳，十分精美。高级绫绢类的花式，有盘龙、对凤、狮子、天马、孔雀等。还有一种轻绢，长四丈，据说才半两重，足以跟长沙马王堆汉墓中的素纱单衣相比而毫不逊色了。近年在新疆吐鲁番和甘肃敦煌都发现了不少唐代丝织物，其中的提花晕纹锦、斜纹纬锦，更突出地反映了当时丝织工艺的高超水平。而且，由印度传入我国的棉花，在唐代也发展起了棉纺织业。特别是在最先传入的吐鲁番和南方的云南、福建，已开始普遍种植棉花和生产棉布。由于产量增多，唐玄宗时，内地长安城中已有棉布卖了。

纺织业的发达带动了印染业的发展，在织物上染色显花，唐代称为“染缬”。镂板印染叫“夹缬”，涂蜡印染叫“蜡缬”，此外还有纹缬，这几种印染方法从前已经发明，但技术的提高和广泛流行则是在唐代。

**（二）冶铸业**

唐代冶铸有很大的进步。唐朝规定，除西北边州禁置铁冶和采矿外，其余诸州出铜铁之所，听人私采，官收其税。铜铁的高产，使金属铸造技术达到了新水平。武则天曾令工人毛婆罗用铜铁铸天枢，高 105 尺，径 12 尺，八面各径 5 尺。下为铁山，周长 170 尺，以铜为蟠龙、麒麟绕铁山。天枢上置腾云承露盘，直径三丈，四龙直立捧火珠，高一丈，这样复杂雄伟的天枢，表现了冶铸工人的高度技艺。从一些出土器具的切削工艺看，可能已采用手摇足踏的简单车床，这突出反映了当时铸造技术的进步。

西汉铸造的五铢钱使用到隋代长达 700 多年。到 621 年，唐朝开始铸造新币，名叫“开元通宝”，直径八分，十枚钱重一两，比汉代五铢钱加重二铢二累，轻重适宜。自唐以后，十枚重一两的钱开始流行，至清朝基本不变。

### （三）陶瓷业

谈及唐朝的陶瓷业，在人们头脑中马上浮现出绚丽多姿的“唐三彩”。的确，唐三彩实在是太有名了。但你知道么，唐三彩并非瓷器而是陶器。陶、瓷二者是有区别的，陶器以黏土为原料，瓷器则以专门的瓷土为原料，而且制瓷的温度也高于制陶。唐代三彩陶器是以黄、绿、青三种基本颜色为主的施釉陶器，因此得名为唐三彩。但也并不仅限于三彩，还有赭黄、浅黄、深绿、浅绿，还有蓝色，叫“三彩加蓝”，最为名贵。这些颜色是由釉彩中添加金属而烧制出来的，如铁或锑可烧出浅黄色，铁可烧出赭黄色，铜可烧出绿色，钴可烧出蓝色。唐三彩有人物俑，动物俑，最常见的要数三彩马俑和骆驼俑，尤其是骆驼俑上坐立人物彩乐俑，颜色绚丽，生动优美。唐三彩的制作在数量、质量上在盛唐时达到高峰，安

绚丽的唐三彩

史之乱后，渐渐走下坡路了。后来在辽代曾有一段时间盛行，以后逐渐衰落了。但这种色彩鲜丽，造型生动的三彩陶器，不失为我国古代艺术中的珍品，至今仍闪烁着光辉。

瓷器的生产在唐代也有重大发展。唐朝前期已大量烧制白瓷，水平显然高于隋代。邢州窑（今河北临城县境内）生产的白瓷像银、像雪，质量很高，而且产量很高，据称天下人无论贵贱通用之。江西昌南镇（即后来的景德镇）在唐代开始以产瓷著称，昌南镇烧制的白瓷和青瓷当时有“假玉器”之称。唐代专烧青瓷的窑多在南方，以越州窑的产品为最佳。其瓷器胎质薄，雅质瑰丽，光泽晶莹。时人形容为像玉、像冰。

强盛的大唐王朝，不仅有高超的科技、辉煌的诗文，还在造纸、造船等工业制造方面都取得了一系列举世瞩目的成就，可谓百花齐放。

# 第三章

# 各具特色的辽宋夏金元工业

辽宋夏金元是我国历史上的又一个大分裂时期，虽无以往的历史上分裂时期那样小国林立的局面，然而由于相互攻伐所造成的国家动荡、民众涂炭却是有过之而无不及的，其间的形势可谓大起大落，既有北宋鼎盛时期如《清明上河图》所描绘的繁华，也有人民流徙的南渡之痛。但中国的工业仍在顽强地向前发展，在各方面取得显著进步，同时又具有鲜明的地域性、民族性，所以说，这段时期的中国工业是颇具特色、值得研究的。

## 一 应时所需的兵器工业

辽宋夏金元分别是由契丹、汉、党项、女真和蒙古族建立的国家，虽共同生活在中国版图内，但为了各自的政治、经济利益，在不同的时期或结友或为敌，攻战杀伐不已。在这种情况下，兵器就成为军事实力的重要保证，兵器工业也应运而生，而且比以往朝代更具特色。在过去各王朝工业中，兵器多归于冶铸业范畴之内，而到了辽宋夏金元时期，兵器在数量、种类、技术上都有突破、提高。

宋代的兵器工业，完全掌握在封建政府手中，北宋的军器监拥有工匠 8 500 人，杂役兵一万余人，规模庞大。但宋代铁制兵器，质料不佳，长兵器沿袭唐代，以枪为主，长杆大刀，并有钩竿、叉竿等杂形长兵器。宋代的短兵器，颇为庞杂，但主要的兵器——刀和剑，反而简单，笨重且欠灵活。通观宋代的兵器工业，值得注意的是火药武器的制造。

火药的发明是在唐代，但它最终得以发展和发挥威力则在宋朝。在唐朝时，火药武器只是利用它能燃烧的特点来使用的；到了宋朝，火药武器已充分利用其爆炸力了。970年，冯义升、岳义方进献了火箭制造法，1000年，康福把火箭、火毬、火蒺藜等所发明的火器进献给北宋政府，这些新式火器都是靠火药燃料喷射推进的，是基于流体力学的原理。后来在作战中，又不断改进了这些火药武器，既用其燃烧力，又用其爆炸的性能。宋仁宗时，曾公亮撰有《武经总要》一书，对火药武器的名称、用法和配方都作了详细的记载，包括火药箭、毒药烟球、蒺藜火球、霹雳火球等，其中的毒药烟球是一种带毒性的烟幕弹，用炮车发射，是一种良好的攻城武器。在火药发明前，炮字都写作砲字，因为火药与火有关，因此后来就逐渐演变为炮字了。北宋末年开封保卫战，宋军使用了火药武器“霹雳炮”，曾一度打退金兵。南宋时火炮与火枪并用，大量制造如突火枪、炮车等火器，这些都在南宋实战时所用，并见于史书。1259年，寿春军民发明了管形火器，在巨竹筒内装火药和“子窠”，点燃后将“子窠”发射出去，“子窠”就是后世子弹的前身，发射“子窠”的管形武器的发明，是世界武器制造史上划时代的进步。

相对于宋朝兵器工业的注重火药技术的发展利用，辽金夏元这些少数民族，大都长于骑射。他们的兵器为战争所需，都极犀利精锐，甲胄也很精良。

辽代工业在建国前还不是一项独立的生产部门。从辽太祖耶律阿保机起，俘虏了大批汉人北去，这些汉人带去了工业技术，对契丹族工业发展有着重大影响。辽代的矿冶业规模很大，通过战争，许多盛产铁矿的地方如铁州（今辽宁营口）和东平（今辽宁开原）等地都纳入了辽的版图。在辽代的冶铁业中，以冶炼镔铁即精炼的铁最为著名，所制的镔铁刀，以精良著称于世。当时虽禁止火药制作技术出口，但辽国最终还是掌握了此项技术，而且还购买了必要的原料进行制造。

西夏在夏州东境设有冶铁务，主管铁矿的开采和冶炼，在陕西榆林壁画中，有西夏锻铁图。可以看出西夏冶铁已采用立式风箱鼓风，提高冶铁强度，这是一种先进的工艺设备，出于对外战争和对内镇压人民的需要，西夏统治者都很重视兵器的制造。西夏制造的兵器，其中用冷锻法制造的甲胄，受到宋朝人的高度赞扬。田况在《兵策》中说，西夏的铠甲，冷锻而成，坚滑光莹，非劲弩不能射入。西夏制造的剑和箭，也享有盛誉，宋朝太平老人在《袖中锦》中，将夏国剑誉为“天下第一”。宋钦宗经常把夏国剑带在身边，足显其珍视。宋神宗时，党项酋长李定曾向宋朝献“神臂弓”，百步外射箭，洞穿重甲，当时人公认为利器。

元初，西夏人常八斤因善于造弓箭而受到成吉思汗的赏识。这些都说明西夏制造的弓箭长期以来素负盛名。近年来在西夏陵墓中出土的铁剑，坚滑光莹，孔眼整齐划一，鎏金厚薄均匀，具有极高的工艺水平，说明西夏的兵器制造是相当发达的。

在金国，矿冶业也是一个重要的工业部门，因为当时金国人口不多，兵力有限，所以要求器械一定要精锐。从目前挖掘出的金代冶铁遗址出土的兵器来看，质量不亚于辽的水平。按照金国的制度，一切兵器制造、监试、颁发，都由元帅府总揽大权。随着交流增多，交往加深，宋的火药武器也渐渐被金人掌握。据《金史》记载，当蒙古兵包围开封时，金兵曾用震天雷还击蒙古兵，有 200 多人与之同归于尽。可见金人也会使用火药武器了。

元代兵器种类颇多，制造极为精美，它是蒙古统治者招募全国各地良工所制，所以犀利华美。蒙古军队以骑兵为主，但要求骑兵、步兵都精于骑射，所以弓箭就成为重要武器。因为要在马上作战，所以主要用刀、剑、斧、锤作为杀敌的利器，而不喜欢用长兵器。这些短兵器的制作，颇受中国及印度兵器的影响，其中的刀剑最为显著。后来在清朝保存的蒙古王公所献兵器中，有的剑刃和柄为欧洲中古式的，有的短剑、匕首，不但有镶嵌宝石的玉柄，而且有精工雕刻的剑鞘，镶嵌黄金的百炼钢刀，更是异常精美。但也有长兵器存在，如骑兵所用的标枪，用以冲锋陷阵，形制则纯为蒙古式的。

蒙古军所用的火器有三种，一为花炮之类，曾广泛使用于印度各地，是由中国内地带去仿制的；二是土耳其等伊斯兰教国家给蒙古皇帝制造的火枪，用燧石发火；三为火炮。元代的中国军队使用的火箭与宋代相同，但又有突破。以前讲的关于火药的管形火器，发明于宋代，即火枪和突火枪，火枪用的是长竹竿，突火枪则用巨竹为筒，但这两种火器在连续发射时容易被焚，不能耐久使用，到了元代发明了金属制作的管形火器。1332 年制造的元代铜火铳是世界上最早的金属火炮，出土的一件重 6. 94 公斤，长 35. 3 厘米，铳口直径 10. 5 厘米，所发射的弹丸有铁弹、铅弹、石弹三种。

## 二　宋代的印刷术

印刷术是中国发明的。早在数千年前的原始社会和奴隶社会，人们已懂得在陶器未干的泥胎上，用压印的方法印出几何纹、绳纹、水波纹等花纹图案。到后来，印章和拓片的出现成为雕版印刷业的先驱，直接推动了雕版印刷术的发明。到了战国时期，印章开始出现。印章上的文字有阴文和阳文之分，阴文就是凹进去的字，阳文则反之，就是凸出来的文字，它们在印章上都是反字，印出来就成了正字，印章创造了从反刻的文字取得正写文字的方法。拓片是雕版印刷术的另一个渊源，方法是刷印。先把濡湿的纸铺在刻有文字的石碑上，用力捶打，使纸密切附着于石面，再在纸上刷墨，因为石碑上的字是凹入的，即是阴文，有字的部分受不着墨，待揭下纸来后，就能得到黑地白字的读物，这种成品就叫做拓片。这种印制方法无疑对石碑等原物构成损害，但它可以代替抄写，并能携带流通，保存久远，便利了书籍的传播。这是雕版印刷术发明前，复制书籍的最好方法。现在看来，只要把这个方法翻转过来，就能得到雕版印刷，但这样一个看似简单的过程却耗费了人们几百年的时间才得以实现。

雕版印刷术起源于唐代，目前世界上现存最早的雕版印刷实物是1966年在韩国发现的木刻汉字《陀罗尼经》印本，刻印于公元704～715年之间。而世界上最早的有日期标记的雕版印刷品则在中国，是唐朝王玠为其父母雕刻刊印的经文，全称是《金刚般若波罗密经》。在末尾写明是咸通九年（868）四月十五日王玠为二亲敬造普施。长一丈六尺，由六个印张粘缀而成，前面还有一幅图，画着释迦牟尼向长老须菩提说法的故事，图文雕刻得浑朴、凝重，精美异常。在此之前，在扬州、越州一带，曾有人模刻元稹和白居易两位大诗人的作品用来换酒喝，但无实物留存。雕版印刷术对于文化的传播、普及和提高，起着重大的作用，首先促成书坊营业的发达，其次刺激了造纸工业的兴盛。

雕版印刷术的发明比以前的手工抄书不知方便了多少倍，但同样存在着不完善之处。用雕版印刷术，每页书必须刻一块印版，要印一部大书甚至要精心雕刻，花好些年的工夫，耗费大量人力和物力。在文化教育日益发展的宋代，雕版印刷术愈发不能满足需要了，于是活字印刷术应运而生了。现在许多国家采用的活字印刷方法是以欧洲所用的方法为基础，而且早已达到机械化了，所以许多欧美学者认为活字印刷术是15世纪中叶德国人谷腾堡发明的，其实，中国早在北宋时期（大约11世纪）就已经发明了活字印刷术，比欧洲要早400多年。

印刷之父——毕昇

活字印刷术的发明者是北宋的平民毕昇，这在同时代人沈括的科技著作《梦溪笔谈》中有记载，可见是真实可信的。方法是用胶泥刻字，每个字占用一个印，另外准备一块铁板，板上均匀地敷上松脂、蜡、纸灰等合制而成的粘胶物品，印刷时，把铁制的框子放在铁板上，在框中排列胶泥活字，制成一版，再用火在下面烤版，使粘胶物熔化，随即用另一平板把字压平，冷却后就可以上墨印书。用完后，再用火烤铁板，即可将字型拆下来保存。这种印书的方法，在印一两本书时还看不出有多大的优势，但如果印千百本书，预备两版，一版印书，一版排字，互相替换使用，速度很快，非常便捷。据说毕昇发明活字印刷术是受一位卖佛经的老婆婆的启发。一日他游庙会，看到一位老婆婆所印佛经方法与众不同，每页佛经不是整版印制的，而是分成几块印版，按顺序一块块地印上去，成为整张佛经，毕昇看后很受启发，灵机一动，想到自己正在冥思苦想如何改进印刷技术，可以把每个字刻为小印，规范后就可以重复使用，反复试验，终于成功了。

毕昇所刻活字，是以胶泥即黏土制成的，称为泥活字，是把黏土刻成扁平的单字。泥活字容易残缺，不能耐久，所以毕昇发明的活字印刷术在当时并未能推广普及是有技术原因的，而且这种新式印刷方法毕竟对原来的雕版印刷术构成冲击，这些人对他恨之入骨，最终把他迫害致死。只是到了元代，由科学家王祯发明用木活字代替胶泥活字，中国的活字印刷术才得到进一步发展，但这已是后来的事了。毕昇的这项发明，在印刷业上是个划时代的创新，是我国对世界科技文明的重大贡献。

从雕版印刷到活字印刷的发展变化，从中也可看出宋代的印刷工业是相当发达的。由于活字印刷术在宋代并未完全推广，因此，宋代的雕版印刷业就具有很强的代表性，可以说，宋代是我国雕版印刷业的黄金时代，它在中国封建社会的书籍刊印上，给了后世深刻的影响。北宋初年，政府就编纂了《太平御览》、《册府元龟》、《文苑英华》三部各一千卷的大参考书，又编纂了五百卷的《太平广记》，后来有史学名著《资治通鉴》等，这些书的刊印都是通过雕版印刷来进行的。当时雕印主要分为官刻本、坊刻本和家刻本三种。官刻本就是国子监刻印的书，为主要力量，后世称为监本。坊刻本指民营书坊刻印的书，家刻本则是指由私人出资刻印的书籍。许多宋刻本刻印精良，字体上反映了中国的书法艺术，出现了后世所称的“宋体字”，刀法上表现了高度的技术成就，而且纸墨精莹，出版者态度谨慎负责，校勘缜密，因此颇受后代重视，被称为“宋版”，且装帧讲究。宋代的印刷业中心主要分布在都城开封、浙江杭州、福建建阳和四川眉山，其中以杭州最为著名。在宋代除木刻雕版印刷外，还出现了铜版印刷和套色印刷，使印刷更为坚固，且精彩美观。

宋代印刷工业的发达是与造纸业的发展有密切关系的。早在唐代，造纸业已有很大的发展，在南方地区，益州的麻纸，浙东的藤纸，荆州、扬州等地的桑皮纸，又叫谷纸，都非常有名。而宣州泾县用檀树皮和稻秆造宣纸，细密均匀，洁白柔软，经久而不变色，是书画家最爱用的纸张。到了宋代，纸张大量生产才能满足印刷业的需要，而印刷业的发展，又给造纸业开辟了广阔的市场，进一步刺激纸张的生产。北宋造纸原料丰富，有竹、藤、楮、麻，纸的品种更是多样，四川的币头笺、冷金笺，歙州的凝霜、澄心，宣州的栗纸，浙江的藤纸，温州的蠲纸等，都是有名的品种。歙州生产的一种长纸，制作精良，一幅长50尺，自头至尾，匀薄如一。近年来在浙江瑞安慧光寺塔发现的写于1015年的《妙法莲花经》，用纸极佳，质地细腻坚滑，光洁如新，充分反映了北宋造纸工业的高超水平。

值得一提的是，在宋代，许多工业部门都有科技因素渗透其中，例如前面提到的兵器工业中火药作用的发掘和发挥，在印刷工业中，活字印刷术开始出现。而在宋朝的另一重要工业部门——造船业中，科技因素也起着重大的作用。不论是北宋还是南宋，造船工业都相当发达。宋代拥有当时世界最大的船只，北宋神宗时，荆州地区的内河航行船最大的可载钱 20 万贯，载米 12 000 石，载重量达 600 多吨，叫作“万石船”。徽宗时造的两艘出使高丽的大海船，称为“神舟”，据估计载重有 1 100 吨，而且具有隔舱防水设备，这是中国造船工人的首创。而宋代造船业领先世界的一个重要因素就是指南针的应用。人类很早就已认识到磁石指示方向的特性，所以在战国时发明了用光滑的磁勺指示南北的司南。到了北宋，指南针已应用于航海，所用方法是指南浮针或悬针，就是把磁针用丝线悬起或在水中心漂浮以指示南北，这在沈括的《梦溪笔谈》中也有记录。到了南宋，由于偏安江南，中西陆路交通几乎全部断绝，海上交通更显重要，而且海外贸易发达，造船业得以进一步发展。更出现了将指南针安装在有刻度和方位的圆盘上的罗盘针，使海上船只在白天没有太阳，夜里无星月的情况下，也能辨认方向，安全正确地航行。把指南针应用于航海，是中国人民对世界文明的伟大贡献。

可以看出，宋代的许多工业的发展中科技因素的力量是相当大的，中国古代的四大发明其中有三项是产生于或完成于宋代，宋代也是中国工业领先世界的最后一个朝代，此后，中国工业逐渐被世界先进国所赶超。

## 三　各有千秋的制瓷工业

由不同民族建立的辽、宋、夏、金、元各朝在许多方面表现得地域性、民族特色十分浓厚。工业方面则要数制瓷工业了。

宋朝作为汉民族建立的王朝，继承了前代的制瓷技术并有空前的发展。不论在产量和制作技术上，比前代都有很大的提高。随着经济的发展，北宋政府越发感到铜的匮乏，因此颁布了禁止私铸铜器的禁令，促使瓷器在日常生活中广泛应用，从而刺激了制瓷工业的发展。从北宋开始，中国的制瓷工业得到迅猛发展，而且有了官窑和民窑之分。北宋时，官窑的命名最初始于宋徽宗时。官窑烧制的瓷器供皇帝和官府专用，但这是狭义的官窑，因为那时“窑”字还有瓷器的意思，许多瓷窑并非官办，但因其烧造技术高超，精品要奉命上贡，也就成为官窑，如将要讲到的越窑、景德镇窑等。民窑则生产供大众消费的商品瓷器，分布广泛。当时北宋有五大名窑，分别是官窑（在今河南开封），钧窑（今河南禹州市），汝窑（河南汝州市），定窑（河北曲阳），哥窑（浙江龙泉），其产品各具特色。像被誉为魁首的汝窑，因为在北宋后期主要是为宋朝宫廷制作高档青瓷，在釉料方面不计工本，据说还以玛瑙作釉料，其颜色则胭脂朱砂兼备，色釉莹彻。哥窑是因兄弟二人章生一和章生二各开一窑而得此名，盛产青瓷，而且它的特点是瓷器遍布裂纹而又光滑润泽。传说是除夕之夜，章生二的媳妇见大哥一人烧窑不停很辛苦，就自作主张往窑里放水熄火，却不料就此烧出了晶莹剔透而又碎纹斑斑的哥窑精品。江西的景德镇经历了汉代的制陶工业，南朝陈代开始的制瓷工业和隋唐的奠基阶段，到宋代开始了发展阶段。景德镇原名昌南镇，宋真宗景德年间改名为景德镇，所烧制的瓷器介于青、白二色之间，称为青白瓷，也叫“影青”、“映青”、“罩青”，是景德镇的独创。其特点是：瓷质极薄，釉色似白而青，暗雕花纹，内外都能映见，在花纹边上只现一点淡青色，其余为白色。景德镇的青白瓷在北宋时大量生产，并对福建、广东的许多瓷器产生了影响，在江南很快成为一大瓷窑体系。到后来又发展了青花瓷器，与影青同为景德镇的特色产品。

青白瓷执壶

可见，制瓷工业是北宋光彩夺目的一个工业部门，不仅瓷窑众多，名窑迭出，在制瓷工艺上有很多创新，而且从造型、装饰和釉色各个方面都符合审美的要求，有的匀称秀美，有的轻盈俏丽，有的色泽灿若晚霞，变化如行云流水，图案工整严谨，犀利潇洒。而且新创了在瓷器上雕画花纹的技巧，划花用刀刻，绣花用针刺，印花用版印，锥花用锥尖凿成花纹，堆花用笔蘸粉堆成凸形，再施白釉。这些唐和五代所不曾有的新的仪态和风范，为陶瓷美学开拓了一个新的境界，成了后世陶瓷业长期模仿的榜样，至今仍为人们所称道和倾倒。

南宋的制瓷业在继承原来基础上仍有发展，北方名窑如官窑、定窑、汝窑等战乱破坏而衰落，大批工匠迁移南方，给南方带来了雄厚的技术力量和优良的工艺，使江南一举成为全国制瓷业的重心。景德镇窑除了继承原有的青白瓷的烧制，还仿北方定窑工艺，烧制的器物土脉细腻，质薄有光，被称为南定。另外，在南宋中期还形成了有龙泉哥窑自身特点和风格的众多龙泉青瓷，并形成有别于越窑的青瓷体系，成为中国青瓷生产的主流，所产瓷器誉满海内外，工艺达到巧夺天工的境界。

有宋一代的瓷器工业发展可谓辉煌，从各方面都已远超前代，相对比而言，辽、金、夏、元各少数民族政权的制瓷工业则要显得落后而又富有民族特色。

从出土的辽瓷器类型看，大致可分为两类：一类是原来中原汉族传统的形制，明显地继承了五代和北宋的传统。能代表这一时期制瓷技术的主要是一些生活用品，如杯、碗、盘、碟、盆等，另一类瓷器则是在接受中原制瓷技术的基础上，适应契丹族鞍马和毡帐生活的需要，而有自己民族特色的形制，如凤首壶、鸡冠壶、扁提壶等。这些都是中原地区所不具备而辽代所特有的，表明了契丹民族的创造能力。其中要数鸡冠壶最具特色，它是仿契丹族的皮囊的样式制成，壶上有环梁或穿孔，正位于鸡首和鸡尾，这样便于马上携带，也是适应契丹社会生活的一项推陈出新的创造。但它早期与后期形制也有变化，早期形制明显地遗留着契丹族鞍马生活的痕迹，但随着契丹族的封建化和辽与北宋交往的频繁，后期的鸡冠壶形制已从单孔或双孔式，变为提梁式，这就与游牧生活完全断绝了关系，是受汉族影响的明显表现。它的陶器制品中则有直接继承唐代的辽三彩。

西夏的制瓷业比宋，甚至比辽还要落后些，它的大部分民用瓷器是自己烧制的，但供统治者享用的高级瓷器则是从宋朝输入的。1964 ~ 1965 年，在宁夏石嘴山市的西夏遗址出土了一批西夏瓷器，有白瓷碗、白瓷盘、釉盘瓷碟、玉壶春瓶、瓷砚等。其中有一部分瓷胎粗厚，可代表西夏早期制瓷水平。在另一地遗址出土的西夏窑藏瓷器，器形单纯，只有碗、高足碗和盘三种器形，器壁较薄，胎釉呈白色，器表下部和圈足部分均不挂釉，底部有砂痕，具有民族特色。1965 年，在内蒙古伊克昭盟伊金霍洛旗敏盖村发现两件夏代酱褐釉剔花瓶，瓶身刻有牡丹花纹，器形凝重大方，十分精美，是西夏陶瓷工艺中的佳作，这说明西夏的陶瓷工业在发展和提高。其实，综论西夏的工业，最发达的当为煮盐业，所产青白盐，制作精良，色味俱佳，产量丰富，低价质优，行销内地，成为我国西北地区和内地人民喜爱的食用品，是西夏对外贸易的大宗，也是西夏财政收入的主要来源。

金代制瓷业也较发达，在制作技术和形式上都受辽和北宋影响很深，但也不乏自己的特色。金在灭宋占领北方后，由于战争破坏，许多瓷窑破败倒闭，制瓷工业一度衰落，和平到来后，一些著名瓷窑如钧窑、定窑等都陆续恢复生产，并有很大发展。像钧窑在当时名声很盛，烧造的一种叫“钧红”的器皿，如玫瑰般娇艳，似晚霞一片，釉质淋漓浑厚，且为民间所用，传世很多。在金的发祥地东北地区则有抚顺大官屯窑很有名，以生产黑釉瓷器为主。总之，制瓷业的发展，使女真族生活在各个方面都发生了一些重大变化，而鸡冠壶、马蹬壶等则具有辽瓷的风格，但也明显地反映出女真族的生活特点。

元代的瓷器是继承宋代诸窑而烧制的，与宋窑产品差异不大。元代瓷器在釉色方面釉厚而垂，浓处或起条纹，浅处仍见水浪，这是元代瓷器的独特之处。元代瓷器染有蒙古人的习俗，有奇特的样式，为前代所未有。如壶上附着很大的壶耳，或仿奇兽怪鸟形状制器。元瓷的花纹有印花、划花、雕花各种形式，而元代人最喜欢印花瓷器，元代武力的强盛，为前古所无，而其胜利的余威，在瓷器上也有反映，所以灿烂光辉的五彩戗金瓷器盛行于元代，表现了元代气焰万丈的气概。青花瓷器的烧造，自晚唐创始以来，历经两宋，到元代已趋于成熟，特别是景德镇的青花瓷器，更是异彩焕发。元政府在景德镇设浮梁瓷局，管理官窑。烧制进贡的御器，之所以景德镇在元代能烧制出在中国陶瓷史上具有划时代水平的青花瓷，一方面是由于此时景德镇制瓷工人已积累了丰富的烧制影青的技术经验。元代的青花瓷是釉下彩绘瓷器，它是在胎上用钴土矿描绘纹饰，再上白釉，经高温烧造，成为白地蓝花，个别的是蓝地白花，色彩清新明快。另一方面是由于产地的瓷土质地优良，有利于烧制青瓷。青花瓷在元代发展成熟，成为畅销国内外的重要产品，远销日本、朝鲜、南洋和中亚各地。除青花瓷外，还有釉里红、红釉、蓝釉等品种，可见元代瓷器已达到相当高的水平。

## 四　异军突起的棉纺织业

自战国以来，中国农村是农业和家庭手工业相结合的自然经济，男耕女织是其主要模式，是农村社会经济的细胞。宋元时代尚无本质变化，但“女织”的内容却发生转变，在越来越多的地区，家庭棉纺织业正在代替传统的丝纺织和麻纺织业，这是宋元纺织业的一个突出特点。

棉花不是中国原产，是在唐代时由印度传入的。传入分南北两路传入，北路由中亚传到新疆，南路传到海南岛、两广、福建。在唐朝时，棉纺织已得到显著的发展，唐玄宗时，长安城市已有棉布贩卖。北宋时，棉纺织技术已渡海传入福建等许多地区，很多农户都种植棉花织作棉布，时人称为吉贝布。福建莆田的农户更是家家都把织“吉贝和蒸纱”作为自己的岁计。北宋中期，棉纺织业在当时纺织业中的比重，虽然还远远比不上丝织业和麻织业，但是棉织业的发展和棉纺织技术的传播，却是棉织业在全国更大范围发展的前奏，而棉织业的广泛发展又最终使纺织业的各部类的结构发生重大变化。因此北宋棉纺织业的推广和扩展，在中国纺织业发展中占有重要地位，它开拓了纺织业的新纪元。到了南宋，棉织业进一步扩展到长江中下游地区，为元代江南地区棉织业的发展准备了条件。福建、广东的棉织物已经以“密丽”闻名，江南一些地区已采用铁铤碾碾去棉核，用竹制成小弓弹花，用纺车纺纱，然后织布。近年来在浙江兰溪的南宋墓葬中，发掘出一条具有细、密、厚、暖等优点的南宋棉毯，反映了南宋棉织技术已达到相当水平。但总的说来，当时的棉织业在整个纺织业中所占地位不是主要的，由于生产力的限制，产量不多，流通地区也有限。像南宋政府还没有把棉布列入征赋的对象，仍只收丝织品，而且因为产量少，在当时还被视为珍品和稀有物，与绫、罗等高级丝织品同时进奉朝廷。

当时棉纺织的先进技术，仍掌握在少数人的手里，海南岛的黎族人民，很早就掌握了植棉和织棉的技术。黎族妇女从小就学会织作棉布。北宋时，黎族妇女织作的一种木棉巾，十分工巧，深受赞誉。南宋时史书上记载，当地富有之人穿着上用棉布（人们称之为吉贝）代替丝织物，而且说海南棉织物，品种繁多，南诏国所织的布要更为精好，都是国王、王后穿着的衣料。到了元代，才是我国棉纺织工业大大前进的时代。《元史》记载，元世祖忽必烈统治时，曾创立了一个制度，在南方五个产棉省设木棉提举司，要求当地农民每年交纳棉布十万匹。这是中国历史上第一次政府向农民征收棉布实物贡赋，可见当时棉纺织业大大发展了。

黄道婆

提到元代的棉纺织业，人们不由得想到著名棉纺织革新家黄道婆。的确，棉纺织业能在元代大放异彩，尤其是松江乌泥泾能成为当时棉纺织业的中心，是与黄道婆的贡献分不开的。黄道婆就是松江乌泥泾人，幼年时因给人做工不堪虐待，偷偷登上家乡附近的船，后来流落到崖州，就是现在海南岛南端的崖县。由于她吃苦耐劳，聪明好学，很快从当地黎族人那里学会运用一套治棉工具的技能和崖州织被面的方法。后来她思乡心切，于1295年返回故乡。当她看到家乡百姓仍在使用落后的工具纺纱、织布，效率低而且辛苦时，她就把从黎族人那里学习掌握的治棉工具和操作方法，加上汉族原有的丝麻纺织经验糅合在一起，应用在棉纺织上，并传播给当地百姓，改进了从轧花到织布一系列的棉纺织生产工具。例如原来弹花用小竹弓和手指，她教会人们用大弓椎击法，原来纺纱用单锭纺车，她改为三锭纺车，在织染方面，她教会人们怎样错纱、配色、综线、挈花，织出各种美丽的图案。她还教当地妇女怎样织作被面，使得乌泥泾被在全国声誉鹊起，非常有名。她的家乡松江乌泥泾，在元代初年，还是民食不足自给的地方，由于她对棉纺织的提倡，使当地棉纺织业不断发展起来，家家户户也殷实了，更为后来明朝时松江地区享有的“买不尽松江布”的繁荣景象打下了基础。松江人民为感激黄道婆在棉纺织业的贡献，特地为她立祠堂，定期祭祀。

棉花种植的推广和棉纺织技术的改进是十三四世纪中国经济生活中的一件大事，它是当时社会生产力发展的一个标记，改变了中国广大人口衣着的物质内容，也改变了中国农村家庭手工业的物质内容，这件事对 14 世纪后中国社会经济的发展和变化具有重大影响力。

## 第四章

# 明清工业的大发展

明、清是我国封建时代最后两个王朝，随着各项统治秩序的日趋巩固，明清的政治统治可以说达到了中国封建统治的顶峰。统治阶级为维护自己的地位，对社会发展的桎梏性越发显露无遗。明清工业发展也因此屡遭挫折，但仍艰难地向前发展，而且在一些主要工业部门中，已稀疏地出现了资本主义萌芽。而与世界相比，中国的工业已无可奈何地落伍，预示着中国近代挨打受侮的悲惨命运。本章讲述的清朝工业指1840年以前的清朝工业。

## 一　官府工业和民间工业的消长

官府工业和民间工业是一对相对应的概念，二者是相辅相成的。所谓官府工业，顾名思义，就是由国家政府开办的工业部门，服务的对象就是统治阶级，而民间工业，即由民间私营的工业，消费对象主要是普通民众。明清以前，官府工业一直比较发达，民间工业比较薄弱。但唐宋以后开始出现了相互消长的迹象，时至明清时代，官府工业与民间工业的消长趋势更加明显，作为中国封建经济的重要组成部分，官府工业的兴衰是与整个封建经济的兴衰相适应的。

明代官府工业仍具有自给自足的自然经济的性质，没有元代那样庞大的规模和组织，但也分营造、军器制作、织造等七大类，其管理效率要远高于元朝。在前期工业原料主要来自各地的贡奉，中叶以后，逐渐实行物料改折，就是要求各省进奉的物料改折成货币输入京城，这是商品经济发展的必然结果，也是中国历史上官府工业的一种划时代的变化。物料改折，政府得到货币，到市场上购买原料，甚至许多产品可直接从市场上购买，叫做召买，这样官府工业的作用就不如以前那样显著，更促成官府工业逐渐衰落了。

明朝的工匠管理，依据元代的匠籍制度，规定入匠籍的其子孙世代承袭，不得脱籍改行。身份不同于普通人民，但地位却比元代大大提高，他们不需要成年累月地为官府劳作，只是每年拿出三个月的时间到京都服役，每四年一班，称作轮班匠。另有一种固定在京师或各地方官府工业中做工的叫住坐匠，前者无报酬，后者则属有偿。在服役之外的时间里，工匠可自由支配参加社会生产，人身束缚松弛了，生产积极性自然提高了。到了明朝后期，商品经济发展了，货币职能扩大，政府对工匠采取“以银代役”的办法，这样，从明朝嘉靖皇帝后，全国80%的工匠已基本取得人身自由，这也导致了后来工匠制度的废除。所有这些工匠制度的废除以及其他种种措施的实行，都可反映出明代官府工业逐渐衰退，而民间工业由于工人劳动积极性提高而相应呈现出了生机勃勃的势头。

进入清代，这一趋势愈加明显。经过清初战乱而导致的萧条现象后，到了康熙时，封建社会秩序已相对稳定下来。顺治时，曾一度宣布取消匠籍，并免征代役银，表明国家对工匠的控制和束缚有了前所未有的减轻。到康熙时，下令将班匠银摊入地赋中征收，匠籍也就随之废除了。废除匠籍表明手工业者对国家的人身依附关系进一步松弛，以后官府对工匠的役使，普遍采用雇募的办法，有利于私人工业的发展。

清朝的官府工业，在经营范围和数量上都比明代差得多，许多物资是通过与民间工业交换而取得的，这样在某种程度上促进了民间工业的发展壮大，加之后来清王朝对民间工业的钳制政策的改变，民间工业得到很大发展，在工业部门出现了规模很大的民间工业工厂。以丝织业为例，如果单从一个丝织工场来说，官府织造业的规模是很大的，但在全国丝织业中并不占有优势，在东南沿海地区已出现了许多规模庞大的手工工场，尤其是在后来机户拥有织机不得超过百张的限制解除后，出现了一户拥有织机600余张的大型手工工场。已超过官府经营的织造工场的规模。至于以往的占统治地位的官府经营的陶瓷业，在清朝所占比重已很小，政府直接控制的只有区区几家，而且也并不维持经常生产，只有在大兴建筑时才大量烧造。在规模庞大的景德镇烧瓷工业中只有一家御窑厂，规模也只有300~500人，而且并不是一个完整的生产组织，它的许多产品要借民窑烧造，然后照数目付钱。可见当时民间工业已超过官府工业，而且这种情况还广泛存在于丝织、制瓷以外的矿冶、铸造、木材、造纸、煮盐等工业部门。

## 二 不断发展的明清工业

通过前面的介绍，已基本明晰了明清工业呈现出的新特点，这些特点又是通过具体工业发展表现出来的。下面以矿冶、制瓷、造船工业为例来叙述明清工业的发展状况。

### （一）矿冶

如果作一总结和对比，可以看出明清时代的矿冶业有许多相似之处，例如，都存在着官府工业和民间工业，且官府经营的矿冶业正渐趋衰落，标志着中国封建社会矿冶工业史发生了阶段性的变化。采矿的品种也比前代大有增加，金银铜铁铅汞锡煤无不包括其中，而且两朝矿冶业中尤其是民间矿冶业已显露出资本主义萌芽，尽管它还很脆弱，尚未发展成资本主义生产。

在矿冶业中，以铁、铜的开采冶炼最为关系到国家利益所在了，所以本节讲叙的矿冶业的铁、铜为主。在明代初年，冶铁业仍以官方冶炼为主，政府在许多地方设立官铁冶，以湖广和福建为最盛，而且产量很高，以至于出现存铁渐多的现象。于是明太祖以此为由，下令各处官铁冶停闭，以后官铁冶日渐减少，民营铁冶增多。在明朝官府冶铁工业中，河北遵化曾是重要的基地之一，这里矿山炉场，分布范围广泛，遍及附近六个县、炼铁炉也规模巨大，但是工匠民夫却一减再减，1435 年曾被下令停工，遵化官府冶铁业的停止生产，是中国封建制工业生产没落的一个标志，也是推行工匠制度的一个必然结果。相形之下，民营冶铁业则呈稳步上升势头，从永乐元年（1403）到宣德九年（1434），产量由120 万斤增加到830 万斤，上升七倍。清代建国之初，害怕民间矿冶工业的发展会危及自己的统治，因而严厉禁止商民自行开矿，使矿冶业一度显得委顿。但随着局面的稳定，清政府对矿冶业的态度也渐渐发生变化，认识到与官府矿冶工业相比，民间矿冶工业会给它带来更多的便利。不需要政府出资，也没有停闭破产的风险，反而到时可以收取一定数目的课税收入，以解决财政上的困难。因此对民间矿冶业采取既不支持，也不压制的政策。清朝的铁冶业集中于广东、陕西、四川等处，但相对比而言，从清朝统治者的眼光来看，铜矿的开采更显重要。因为随着经济的发展，铜的匮乏现象越发突出，于是政府便花大气力掌握铜矿开采，重点在于云南地区。云南地区在汉代即已有铜发现，元明两代曾有开采，但产量不多。到了清代，云南铜矿业逐渐兴旺起来，到雍正、乾隆时期达到极盛，直到嘉庆皇帝时开始衰落。清政府对矿冶业基本采取限制政策，却唯独对云南铜矿鼓励有加，主要就是维持全国财政状况的平稳。

明代冶铁技术突出表现于所用燃料和设备等方面。在明代，用煤作燃料已很普遍，而且还使用无烟煤作燃料以提高炉温，加快冶炼进程。在设备上已使用铁高炉，又称“大鉴炉”。像河北遵化的土高炉，一炉炼铁600斤，一天可炼四次，规模很大。另一重大进步就是炼铁炉和炒钢炉串联使用，缩短了炒炼铁的时间，减少了成本，是冶铁技术进步的表现。清代继承了这一方法。

在铁器铸造方面，明代时以陕西南部和广东佛山镇的铁器工业较为突出，陕南主要铸农器，广东佛山镇的种类要多些，有制锅业、制钉业、制铁线业和制针业等行业。尤以制锅业最为发达。从事铁器工业的达万余家。佛山镇的铁锅，柳子镇的刀剪，当时都供国内外市场的需要。到了清代，佛山镇仍是一个制造铁器用品的中心。广东的生铁都输往佛山镇，一部分铸成铁锅，一部分炼成熟铁，再制成铁丝、铁钉、铁针等用品。以至于佛山镇成为国内外贸易的重要地点，市面繁荣。另外，在江浙地区铁器工业也有发展，如安徽芜湖，既有锻铁业，也有铁画制造。

铜器铸造业方面首推明朝的宣德炉。宣德炉是一个概称，其实包括炉、鼎等不同的祭祀用具，是在宣德皇帝三年（1428）时铸造的。由于工艺精湛，至今被视为珍贵的古物，极负盛名，在当时就争相仿造，自明至清，仿制品更多，所以传世的宣德炉大多为赝品。据化验，宣德炉的原料有铜、锌、铅、锡、铁、银、金。其中以铜和锌合金的黄铜为主。采用精密的失蜡铸造法铸成。在铸造时留有孔眼、毛疵，用金银填嵌，鎏金补缀，金片分布错落有致，

永乐大钟

再抛光处理，炉身色泽古朴细腻而有油光。明代铜器另一名器要数永乐大钟，约永乐初年（1403）铸造，现保存于北京西直门外曾家庄觉生寺，这座寺庙也因这口钟而俗称“大钟寺”。20世纪60年代时，测量钟身高5.84米（17.5尺），底口外径3.3米（约10尺），内径2.2米（约6.6尺），底边平均厚度220毫米（0.66尺）。这座大钟形制巨大，钟身各处铸满20余万字的《法华经》经文，字迹端正，雄健有力，铜质乌黑光亮，敲击声音洪亮而清晰，十分考究。据学者研究是采用地坑造型陶范法铸成。这样精巧的大钟，历时500年仍十分完好，敲击声闻数十里，充分显示了我国古代铸铜技术已趋高峰。清代铜料匮乏，明令禁止私铸铜器，因此所传铜器不多，多用以铸钱。在苏州、广州曾有以铁铸钟，但形制已不同于古钟，更接近于近代。

### （二）陶瓷工业

明代的制瓷工业更显示出明代工业超越以往历朝的特点，给清代制瓷业奠定了基础。永乐、宣德年间（1403～1435）是明代制瓷业的鼎盛时期。在明代，景德镇成为全国制瓷工业的中心。它的瓷器不仅产量高，而且质量好，在制瓷工艺上取得了许多成就，如永乐时的锥拱、脱胎，宣德时的镂空等。以脱胎为例，因制瓷工艺水平极高，胎质极薄，近似无胎而只见釉彩。说到釉彩就更为突出，甜白、翠青、釉里红是永乐时的名贵瓷器，宣德时的青花瓷更是上品。据说当时青花瓷的釉彩原料用的是苏门答腊的“苏泥”和槟榔屿的“勃青”，这些地方都远在南洋，位于今天的印尼和马来西亚。还有一种利用南洋的宝石掺进釉料中制成的瓷器，称为“祭红”，具有宝石的光泽。关于“祭红”瓷器有这样一个动人的传说：皇帝限期命令工匠们烧制一种鲜红的祭器，过期杀头，但工匠们屡试不成，眼看工期将至，一位老工匠的女儿小红心疼爹爹及众多的工匠，舍身跳入正燃着熊熊大火的窑内，从而烧出了鲜红的瓷器，人们为纪念她，称这种瓷器为“祭红”。虽然这是传说，但并非一点道理也没有，因为人体主要成分即为血和水，必然能对瓷器的颜色、火候产生作用。但上面的传说毕竟只是传说，只从一个侧面说明当时制瓷工业的情况。明代的制陶工业最为有名的当属宜兴的紫砂陶器，名噪一时，至今不衰。

清代制瓷工业以康熙、雍正、乾隆三朝最为鼎盛，这是由当时的经济发展水平决定的，其中又以乾隆朝为最。当时的官窑瓷器，一面保留着古代的精华，一面吸收东西洋的艺术，而且又有创新，可谓集中国瓷器精品之大成。其瓷器品质之精，造型之多样，彩釉之丰富，无不登峰造极。例如在乾隆瓷品贡物中，有瓷折扇，能在薄如纸的瓷片上，贴绢代纸，束纽装订，宛如象牙细工的扇子。而且，康熙时传入中国的珐琅彩瓷器，在乾隆时更为精美。因为珐琅彩色料凝厚，色彩晶莹，绘制后可以凸起，增强立体感。现存的珐琅彩瓷器，全部都是康、雍、乾三朝的产品，至于青花瓷、五彩瓷以及瓷器的刻花与雕塑在清代更是达到了极高的境界。乾隆朝是中国封建专制政治和封建经济由最盛而下降的一个分界，此后中国瓷器呈现了衰落的趋势，虽嘉庆、道光时也有极精之品，但难以挽救下降的势头。

### （三）造船业

造船业是中国的传统工业，在夏商时代即已出现。明初的造船业曾居世界前列，这与当时国内外贸易活跃繁荣是分不开的。当时两个重要的造船工业基地一个是南京城北的龙江，也叫龙湾；另一个是江苏太仓刘家港。而提起明代的造船业很容易想到郑和下西洋的宝船，这些宝船多半是在龙江制造的。

郑和出使南洋诸国，始于永乐三年（1405）。传说郑和下西洋的真正目的并非是为寻找奇珍异宝，远扬国威，而是另有所图。据说当年燕王朱棣没有继朱元璋之后当上明朝的皇帝，于是在1399年发动叛乱，夺取了他的侄儿建文帝朱允炆的帝位，史称靖难之役。建文帝下落不明，有传言说流落到了南洋，于是朱棣即永乐皇帝派太监郑和下西洋（今南洋）前往寻找，而在当时所宣扬的是结好诸国，布国威于四方。郑和下西洋的船只，共有五种不同的名号，宝船最大，马船次之，粮船第三，坐船第四，战船最小。郑和下西洋所用的宝船，在当时可说是天下无敌。据《明史》记载，宝船长44丈，宽18丈，这种气势宏大的宝船，素来被引为中华民族的骄傲。通过长宽比例看，这种船便于抵抗浪涛的冲击，获得更大的稳定性。在郑和下西洋的过程中，从未发生过沉船毁船的事件，这绝非偶然之事，说明了造船水平之高，另外，在其他地区如广东、福建、浙江等地造船业都很发达。因为明代用船的行业频多，导致船只种类繁多。内河航运用浅船，海运税粮用遮篷船，防倭寇用备倭船，福建、广东制造的战船分别称为“福船”、“广船”，福船可容百人，在海战中威力最大，利于攻坚。广船比福船更大、更为坚固，可发射火炮，抛掷火球。民间造船业，由于船主、商人都把性命、财产寄托在船只上，所以一般民船质量要高于官船，而且因为其规模大、分工细，孕育了资本主义的萌芽。

清代官府工业造船业以福建为中心，大都修造战船。民间造船工业发展到了工场手工业阶段，在苏州、扬州、厦门，民间造船业都很发达。清代由于官府造船没有大的成就，民间造船又受限制，只有沙船——中国帆船的主要船型、制作和性能较明代有了一定的进步。

中国古代帆船在制造技术上是极为进步的，很早就知道在下风处安置板架，以减轻其逆风行驶下风漂流的负担。英、荷等航海国家采用这种方法要落后于中国几个世纪。十一二世纪，中国帆船已经发展成为巨大的海船，可载客千人以上。到17世纪明末清初，中国帆船在设计和制造上，仍然是很进步的。明朝万历年间，西班牙驻菲律宾总督为远征作战，曾建造了大批中国帆船式船只。可以说，从唐代起经宋、元、明到清中叶，中国帆船在国际上一直被确认为最优良的交通工具。

沙船就是中国帆船的主要船型，可以说沙船是中国最古老的、适用范围最广的船型。沙船创始于唐代江苏崇明（因其为一沙洲而得名），宋代称为平底船，元代沿用，明朝中叶后称沙船。沙船适用范围广泛，不仅用于沿江沿海各省，而且还行驶于东南亚和印度洋一带，运输各类货物，而且在明代防倭斗争中也曾起过重要作用，直到20世纪三四十年代，上海附近还有许多沙船，这是由沙船的性能决定的。沙船底平，吃水浅，受潮水影响小，顺风逆风都能平稳行驶，又多桅多篷，能充分利用风力，行驶迅速。

但明清时代，中国造船业却屡受阻扰。明朝禁止官民擅自建造“违式大船”入海，1500年又命令官民不得擅造三桅以上的大船，免得勾通海贼，劫掠良民。违犯者要处极刑，全家发配充军，当时东南沿海一带，倭寇侵扰，所以屡申海禁，并拆毁了三桅以上的大船。清代建国之初，生怕反清势力在海外建立根据地以推翻其统治，禁止海外贸易，颁布迁海令，到康熙时，虽开放海禁，但将载重限在500石以下，只许用双桅，使中国造船业渐渐处于不利地位。在海禁期间，大中型沙船都在禁船之列。

明清时代是中国封建社会工业发展的完善总结时期，工业部门齐备，除以上介绍的三类部门外，更有纺织、木材、造纸、印刷、制盐、制糖、兵器等各个部门不一而足，而且都达到了相当高的水平，篇幅所限，不一一详述。但从上述三个工业部门完全可看出当时工业发展的概况，更可体会出封建专制体制已不适应生产力的发展，对工业发展造成束缚、阻碍。

## 三　资本主义萌芽的出现

在研究明清工业发展过程中，不可避免地要遇到资本主义萌芽的问题。这种萌芽虽没有发育得像西方那样强大，并最终占据统治地位，但作为在强大的封建生产关系的汪洋大海中，资本主义萌芽的出现毕竟是一个新鲜事物，代表着新的生产关系，值得研究重视。

稀疏的资本主义萌芽的出现有其时代背景。综合观察即可看出，在明清两代资本主义萌芽出现的时间都是所谓封建王朝的鼎盛时期。在明朝主要集中在嘉靖、万历年间，清朝则集中于乾隆年间。这两个时期，两个王朝统治都已完全稳定下来，经过长期的和平时期，国泰民安，内无忧患，外无骚扰，有利于生产力发展，产品丰富，促进了商品经济的发展，人们各取所需，交换也比以前日益频繁，这些都有利于促进资本主义萌芽的出现。从出现的地点看，大多在生产力发展水平较高的东南沿海地区，其行业又大多为纺织、制瓷、矿冶等规模较大的行业中。

明代中叶，在商品经济高度发展的基础上，若干手工业部门出现了资本主义萌芽。其中以江南丝、棉纺织业最为明显。江南苏杭一带是明代丝织业中心，明政府为控制江南丝织业生产，南京设立内织染局、神帛堂和供应机房，在苏杭等地设织染局。这些官办织染局，内设织机，役使大批工匠织造。例如在嘉靖时，苏州城织染局就有173张织机，各色人匠600余名。同时，江南各地又有大批从事丝织业的民间机户，这些机户，一方面被编为“机籍”，即匠籍，另一方面又和市场有密切联系，从而不断发生两极分化。明代著名小说家冯梦龙在他的小说《醒世恒言》中记述了发生在嘉靖年间江苏吴江县盛泽镇机户施复发家的经过。说是施复与他的妻子精心养蚕，发家致富，不到十年，拥有织机三四十张，而邻居因经营不善而濒于破产，反映出在生产关系微妙变化下，小商品生产者不断分化的状况。另一位明人张瀚在《松窗梦语》中记叙了他的祖上发家致富的经过，显得更加真实可信，具有典型性。他的先祖因经营酿酒失败，就改营丝织业，先购买织机一张，因技术精良，产品畅销而获利，不到20天又买了一张织机，获利更多，后来逐渐扩大经营，织机增到20余张。这些拥有20余张或三四十张织机的机户，称为“大户”。那些没有生产资料者则称“小户”，实际即为“机工”。他们除出卖劳动力外，一无所有。有的小户受雇于大户，有的没有。这些受雇于机户的机工，按天或按时拿钱，属雇佣与被雇佣，剥削与被剥削的资本主义性质的关系。

在棉织业中这一现象表现得更为明显。像松江地区加工棉布的暑袜业中，暑袜店商人已直接支配生产，变成包买主，商业资本转化成产业资本，那些做袜为生的妇女们，实际上变成了暑袜店的雇佣工人了。

当然，处于萌芽时期的资本主义生产关系还很嫩弱、稀疏，只发生在少数地区少数行业，而且带有明显的封建烙印。雇佣工人也还没有完全脱离土地，摆脱农业生产，更不能摆脱行会的控制。这些都对其发展构成了障碍。

由于清朝已废除了匠籍制度，随着经济的发展，土地集中又愈加严重，这就为资本主义生产关系的发展提供了劳动力条件。一些民间工场，规模越来越大，雇佣工人日益增多，许多雇工是计日受值，按日领工薪，当时如果工作超额，还可拿到更多的钱。而且当时已不存在严格的主仆名分，在有的工场里，工人和工场主基本上是平等的，吃饭时同坐一处，称呼也是平等的，这种计日受值的剥削方式和表面上的平等关系，使乾隆时期的雇佣劳动，已抹上了一层资本主义生产关系的色彩，这种情况在纺织、制瓷、矿业、木材等行业都有表现。

这种资本主义萌芽首先表现于雇主对雇工的剥削关系上。其次是包买商直接或间接地控制手工业生产。不少商人开设“账房”，拥有大量资本，他们把原料即丝，甚至工具也就是织机分给许多小机户进行生产，各机户领到原料后，织成绸缎，送归账房批售，工资由账房发给，这种账房，就是一种大包买商。他们不仅支配着自己的作坊或工场中的工人劳动，而且还控制着一部分类似独立的织工或小作坊主的劳动。这种包买商的活动和作用，在棉织业中表现得更是十分明显。同时，包买商还渗进了工业原料生产领域。例如，江西赣州各地农民多以种苎麻为业，福建商人在二月份放钱给种苎麻的人作本钱，到夏秋时再收回苎麻作原料，这就使一部分麻农受到这些商人的控制和剥削，也是包买商控制原料生产的一种表现。由此可见，清代的资本主义萌芽有了进一步发展。

然而，这种发展又是十分缓慢的。封建的自然经济如汪洋大海一样包围着脆弱的资本主义萌芽。许多雇工还没有脱离农业契约关系，被封建地主阶级剥削得极端贫困，使国内市场十分狭窄。一些工场主在赚钱后，不是投资扩大再生产，而是挥霍享乐或购买土地，造成生产资金减少甚至资金倒流，显然不利于资本主义萌芽的发展壮大。封建专制主义中央集权统治者的"重农抑商"政策，也构成了强大的阻力。像云南的铜矿业，清政府不仅要征收20%的课税，而且规定余铜要以低价卖给清政府。各地还设立关卡，对流通商品任意课税，增加了产品的成本，限制了行业的发展。而行会制度下的会馆和公所，其性质是封建的，普遍得到清政府的保护。他们限制竞争，对价格、工价、度量衡都有统一的规定，封建迷信色彩十分浓厚，对资本主义萌芽的发展起了阻碍的作用。这种种因素使得资本主义萌芽的发展如同在封建社会的娘胎中九曲回肠地爬行一样，困难重重，也正因为如此，直到鸦片战争之前，自给自足的自然经济仍然在中国占有主要地位。

# 第五章

# 鸦片战争前后的中国工业

1840年爆发的中英之间的战争，起因是英国向中国输入毒品鸦片而引发的，史称中英鸦片战争。鸦片战争是中国历史的转折点，战后签订的《南京条约》使中国丧失了主权、独立和领土完整，中国社会的性质由封建专制主义社会变为半殖民地半封建社会，中国社会的主要矛盾也由地主阶级同农民的矛盾变为中华民族与外来侵略者的矛盾，中国社会由此进入了近代。鸦片战争最终以英胜中败的结局告终，是由两国不同的政治体制、经济实力、军事装备各方面因素决定的，工业在其中又是根本因素。

## 一 战前中英两国工业的对比

英国是当时世界上最发达、最强大的资本主义国家，它拥有世界工业的垄断地位，号称“世界工厂”。这是由于英国首先进行产业革命的结果。产业革命首先从机器动力开始。1769年，英国人瓦特完成了他的改良蒸汽机并应用到工业中去，使工业动力不受自然资源和能源的限制，由人来支配。蒸汽机的使用在工业生产上引起了决定性的第一次产业革命，使人类进入了蒸汽时代。当时英国最主要的工业部门是棉纺织业，使用了蒸汽机后，纺织业发生巨变，英国的棉布迅速超过印度棉布。然后，这种变革又扩大到机器制造业、运输业、冶金业、煤炭业等部门，到19世纪40年代，英国完成了产业革命，已能够用机器来制造机器。

因为英国最早进行产业革命，时间占先，因此，到鸦片战争前夕，它早已拥有世界工业垄断地位，工业发展迅速。以棉纺织工业为例，棉织企业在1839年有1 819个，从业工人25万多人，自动织布机13万多台，发动机近6万马力，其中蒸汽机占46 800马力，1840年棉花消费达到20多万吨，远高于当时世界上另三个主要资本主义国家德、法、美三国的总和。英国的煤产量达到3 600万吨，占世界的82%，生铁占全世界总产量的63.2%，1840年，英国工业生产占全世界的45%，超过美、德、法三国总和，可见其工业力量之强。

由于有强大的工业作基础和后盾，英国的军事工业更显先进。它拥有比其他国家更多更坚固的军舰和商船。英国是一个岛国，历来重视制海权。1588年在击败了有“海上马车夫”之称的荷兰的号称“无敌舰队”的海军之后，英国基本确立了它的海上霸主地位。鸦片战争前，英国有军舰50多艘，分为大中小三等，大的兵舰可载炮70多门，中型载炮40多门，小型载炮20多门，而且是属于吃水浅的铁甲轮船，是当时世界上最新式的武器。这种炮舰能够轻易地驶入河流上游，它的野战炮射击准确，火力猛烈，杀伤力强。步兵的滑膛燧发枪远比中国的火绳枪有效得多，而且更为先进的滑膛枪已逐步取而代之。由于受到长期的殖民战争的实战训练，英国军队的作战能力及战术运用也高于它的对手——清王朝军队。

由于有强大的工业生产能力，就需要广阔的原料产地和市场，军事工业又为其需求提供了保证，使得英国长期以来奉行侵略扩张的殖民政策。早在鸦片战争前，英国已在亚洲、非洲、美洲建立了庞大的殖民地，号称“日不落帝国”，即它的殖民地从东方太阳升起到西方太阳降落处处都有。对于中国，在当年马可·波罗的游记中就领略的几乎遍地金银的富裕国度，自然引得英国资产阶级垂涎三尺，梦想着从中搜集更多的财富，因此时机一到，他们的坚船利炮便对准了中国。

而此时的中国在腐败的清王朝统治下，实行闭关锁国的政策，与野心勃勃、称霸世界的英国相比，显得步履维艰，老态龙钟，差距极为鲜明。清贵族们满脑子想的不是如何使国家经济发展，而是拼命捞钱，敲诈勒索，所以当时有“三年清知府，十万雪花银”之说。工业发展受到封建专制的顽强束缚和阻碍，进展迟缓，在棉纺织、制瓷等行业的稀疏的资本主义萌芽，虽有一定的发展，仍显得弱不禁风，许多工业部门已由作坊式生产发展到手工工场阶段，但仍以手工劳动为主，机器连影子也难寻见，这与英国早已进入蒸汽时代，并开始用机器制造机器根本不可同日而语。腐败的政治体制，落后的工业生产，使得在鸦片战争前夕，清王朝军事上武备废弛，纪律败坏。

当年清王朝从东北的白山黑水一隅之地发展壮大成一

统全国之势，也曾有得力的军队。早在后金时期，军队分为八个部分，分别以红、黄、蓝、白和镶红、镶黄、镶蓝、镶白八个不同的旗帜来区分，称为八旗，并由满洲八旗发展到汉军八旗、蒙古八旗。这些旗兵是清王朝统一全国的主要力量。靠他们，打败了明王朝以及李自成的农民军，建立了幅员辽阔的清王朝。后来又以绿旗来编制关内的汉军，称为绿营，这些都成为清朝维持统治的得力工具。然而，随着清朝统治的日趋没落，这些军队战斗力也随之下降，这些官兵日久懈弛，不勤操练，质量愈差，有的甚至还偷吸鸦片，所以有人形容清王朝军队士兵一人双枪，一只是战斗用枪，一只就是抽大烟的烟枪。1796～1804 年爆发的白莲教大起义，清政府历时九年，耗银二亿两才把起义镇压下去，而主力则是地主武装乡勇，正规军队八旗、绿营已不堪一击，望风而逃。军队的指挥官多属世袭贵族，从小不学无术，骄傲自大，意气用事。第一次鸦片战争期间，清朝启用高龄七十、两耳昏聩的果勇侯、以镇压白莲教起义而扬名的“名将”杨芳，他在广州看到英军船坚炮利不可阻挡，就想其中必有“邪术”，于是决定“以邪制邪”，下令收集广州全城的马桶，盛满粪便，装在木筏上，冲击英船，结果失灵，大败而归，当时有人写诗嘲讽道“粪桶尚言施妙计，秽声传遍穗城中”。可笑至极。像两广总督叶名琛，在英国即将攻破广州城时，他还在求神仙显灵保佑，结果神仙没显灵，他被英军逮住，被送到印度的加尔各答，最终死在那里，后来人们说他是“不战、不和、不守，不死、不降、不走”的六不将军。有这样将兵领军的人物，即便在战中有少数爱国将领和士兵涌现，但兵单势孤，不足以挽救时局，他们往往战死沙场或自杀殉国，扭转不了总的局势，与英国军队在强大的军事工业支撑下的训练有素形成强烈反差。

至于在兵器工业方面，更不可比拟，清代的兵器仍以传统的长短兵器为主，如大刀、长矛、长枪、戟戈等。虽然中国最早发明了火药并将之应用到军事工业上，但毕竟清兵器工业火药武器所占份额仍很小，仅限于鸟铳和原来明朝就已具备的笨重的大炮，当西方各国纷纷制造先进的武器装备时，清王朝中的保守之士昧于形势，认为只是奇技淫巧，不足为学，致使中国的军火工业远远落后于世界先进国家。

通过对中英两国战前工业实力，尤其是军事工业的对比可以清晰地看出清朝的综合实力在世界上所占的地位。可以说，这场战争既是一场资本主义对封建专制主义两种体制的战争，也是机器大工业对封建工场手工业的战争，更是对它们实力的检测。通过对比，战争的结局在战前即已明朗，这就使人明白，没有发达的工业作基础，一个国家、民族是不可能强盛的。

## 二　西方工业对中国传统工业的冲击

鸦片战争后，英美法等主要西方列强通过一系列不平等条约加强了对中国的经济侵略，主要表现在对中国大量倾销本国工业品，对中国的传统工业造成了严重冲击。这其中以英国最甚。

代表英国政府签订《南京条约》的璞鼎查回国后，兴奋地告诉英国资本家，他已为他们的生意打开了一个新的世界，这个世界是如此广阔，即使英国的纺织基地兰开夏郡的全部工厂生产也不够中国一省人穿的衣料。英国这些唯利是图的资本家们听后大为冲动兴奋，立即掀起了向中国倾销商品的狂潮，又以棉织品所占比重最大，达70%以上。这些棉织品的输入主要在《南京条约》规定的广州、厦门、福州、宁波、上海这五个通商口岸，并以此为据点向周围广大农村大量销售。这些地区恰好是中国传统的棉纺织业发达的地区，这种大量倾销，不仅攫取了中国人民的财富，而且打击了中国的纺织业。这种机织棉布属大机器生产的产品，成本低，质量高，价钱只相当中国土布的三分之一，所以中国手织土布无法与它竞争，销路逐步缩小，生产渐趋停顿，失业增多，影响了广大从业者的生计。例如厦门口岸开埠后，十家有九家买洋布，原来江浙的棉布已不畅销，至于原来出口的福建棉布，则更难找买主。早在明清时期即有“买不尽松江布，收不尽魏塘纱”的江苏松江、太仓地区，本为中国棉纺织中心，但自从上海开埠后，情况大变，价格大跌，无法与洋纱洋布竞争，传统的棉纺织工业被冲击得七零八落。这种情况随着时间推移又从沿海扩张到内地，中国自春秋战国以来形成的封建的自给自足的自然经济濒临瓦解。

西方棉纺织业在华倾销棉织品，击中了中国自然经济结构的核心，破坏了封建经济的基础，而且对其他各种传统工业的破坏更是日益严重。19 世纪 60 年代后，洋铁开始威胁中国的土铁，外国铁质量高而便宜，使用方便，相形之下，土铁处于劣势，原有的炼铁坊倒闭的日益增多。中国原来产铁、钢的有名地区如湖南、山西，所受打击沉重。许多与铁相连的制造业，如制铁锚铁钉的工业也日益衰落。这些工人大多被迫失业。而那些用了几百年几千年的土货也相继被洋货压垮。洋油的大量进口，使原来的各种用于照明的植物油的生产日见衰落，四川等地的白蜡制造业也因之萎缩。其他如火柴进口代替了打火石和铁片，洋染料代替了土染料，肥皂代替了皂荚等。据统计，在 32 个传统行业中，衰落的有 7 个，被机器工业代替的有 15 个，只有 10 个行业能够继续坚持下去。

那些英国商人们看到以棉纺织品为代表的工业品在中国的畅销，一时冲昏了头脑，于是把大批的商品运来中国。据当时记载，英国谢菲尔特一家著名公司运来了大批刀叉，准备供中国人做餐具用，结果是堆在仓库中无人问津，显然，刀叉的价值在中国人眼中不及一双竹筷子实用。还有伦敦一家公司运来了大批钢琴，他们也有他们美妙的设想，假设在 200 个中国妇女中有一个愿意学习弹钢琴，他们便可乘机大捞一笔，谁知无人购买，钢琴堆在那里受潮变质。

他们并不了解中国，当西方贵妇人能优雅地弹着钢琴时，中国的妇女们要相夫教子，针织刺绣，遵守“妇道”呢。至于其他商品如西式睡衣、睡帽之类，待遇比刀叉、钢琴好不到哪里去。这一时期，西方资本主义国家的工业品在中国市场上不能获得广泛的销路，主要原因在于中国自给自足的封建经济对外国商品仍有顽强的抵抗作用。

尽管有的传统工业部门被取代而消失，但还有一些部门仍在不受直接影响地存在、发展着，如制扇、爆竹、刀剪、陶瓷等。而那些衰落的行业如前面的棉纺织、手工造纸、制糖等工业部门，在与外国商品的竞争中，通过改进设备，提高质量，非但没破产，反而有所发展。例如棉布业，由于机织棉布不及机纺棉纱赚钱，所以中国的土布长期占领着这块市场。更有手工业行会部门的协助，因此在一定程度上仍有发展。但从多年的发展看，最终仍让位给机器工业。

外国资本主义工业对中国工业的冲击还表现在对中国工业原料的掠夺和劫掠劳工等方面。战前中国的丝茶主要用于满足国内市场，战后出口大增，与外国市场联系大大加强，由此，中国茶、丝等工业原料，开始走上了依附外国资本的道路。而且，一些外国侵略者对中国劳工进行拐骗诱逼，卖到一些海外殖民地从事重体力劳动，像秘鲁的矿山，古巴的种植园，美国西部的铁路工地，对中国工业同样也构成了冲击。

## 三　洋务运动与中国近代工业的产生

洋务运动是中国近代史上具有重大意义的一件大事。近代中国100多年的历史风云变幻，各种事件层出不穷，洋务运动占据了其中30多年的时间，而且成为在近代中国社会中为数不多的留有一定成果的活动之一，对中国近代工业史有极大的影响。这样一个规模庞大的活动，有一个发展过程。

早在第一次鸦片战争之初，林则徐看到西方军器的优良，于是购买外国的坚船利炮以抵抗侵略，并编译西方的报刊杂志辑成《四洲志》一书，了解西方。著名爱国知识分子魏源更是在他的《海国图志》中响亮提出了“师夷长技以制夷”的口号。第二次鸦片战争和太平天国农民起义被镇压后，一批掌握实权的清朝大员们，对洋枪洋炮的威力有了亲身的体会，认识到中国正面临几千年来未有的大变局，传统的那套封建统治方式已难适应新的形势，必须学习西方国家的长技，才能挽救摇摇欲坠的封建统治。于是，他们出面倡导和主持了以学习西方科学技术，引进机器大生产为中心内容的富国强兵运动，即人们通常说的洋务运动。从事这些活动的人，就被人称为洋务派，他们在中央以恭亲王奕䜣为代表，在地方则是各地的封疆大吏，如曾国藩、李鸿章、左宗棠、张之洞等人物。洋务运动开始的标志是1861年1月20日（咸丰十年十二月初十），清政府批准建立“总理各国事务衙门”，简称总理衙门。初期规定活动范围仅限于通商，后来逐步扩展到编练新军，制造枪炮船舰，兴办近代工矿交通，设立学堂，派遣留学生出国等。洋务运动的重心，因其时间不同而有变化，在19世纪六七十年代以求强为主，即训练新式军队和设厂制造船炮，企图建立一套新的防务体系。后期，19世纪70至90年代，除继续进行求强活动外，还提出求富口号，强调兴办近代民用企业，“富”“强”并重。一直持续到中日甲午战争，开始了中国工业的近代化历程。

洋务派创办的第一家军事工业企业是1861年秋冬之季由曾国藩在安庆建立的内军械所。曾国藩是清末名臣，饱读儒学经书。在镇压太平天国过程中，认识到西方武器的先进，所以早在1860年12月初，他就上奏清廷用仿造的办法来求外国的先进技术，但他同时也相信中国人的智慧和才力，所以整个安庆内军械所全用中国人，未雇洋匠，成为一个显著特点。

曾国藩

1861年，曾国藩从太平军手中攻下安庆后，即着手筹建兵工厂，他的做法也有抵制洋人火器买卖获利的用意。安庆内军械所是一家综合性的兵工厂，主要生产子弹、火药、炸药、劈山炮和轮船，主要科技人员是徐寿、华蘅芳。1862年8月，徐、华二人设计制造出了中国第一台实用蒸汽机，结构可与世界先进水平相媲美，1865年造出火轮船一艘，曾国藩看后很高兴，亲自试坐并命名为“黄鹄”号。这艘船重25吨，长55尺，1866年在南京下关江面试航，顺流时速26里，逆流16里。后来就成为曾国藩游乐的“大玩具”，兴趣减退后更任其锈蚀报废了。安庆内军械所没有采用机器设备进行生产，仍采用手工劳动，严格说来不属近代工业，可以认为是封建性很浓的带有资本主义性质的军工企业。但它罗致了一批著名的科技人才，如李善兰、徐寿、华蘅芳等人，为西方科学的输入和近代工业的建立创造了条件。

1864年，曾国藩的湘军攻陷了太平天国首都天京后，那些长期征战的洋务派官僚得以腾出手来，把更多的人力、物力和财力投入创建军事工业的洋务活动中去。从1865~1895年间，他们在各地兴办了大约二十几个制造枪炮、弹药和舰船的军工企业，较为重要的有江南制造总局、福州船政局、金陵制造总局、天津机器局和湖北枪炮厂，它们分别是由各主要洋务官僚创办的。

### （一）江南制造总局

江南制造总局因地处上海，因此简称为沪局，它的创办者是清末大官僚李鸿章。沪局构成分为三部分，一部分是1865年李鸿章购买的美商旗记铁厂，还有原来苏州洋炮局中由丁日昌和韩殿甲主持的两个车间，加上由洋务人物容闳从美国购买的机器合并建成的。1867年迁到现在江南造船厂原址。沪局的生产项目主要有枪支、大炮、弹药、钢铁和造船五项。共包括16个分厂，是当时设备最齐全，规模最大的军用工厂，整个生产过程基本配套，机械化程度也较高，加之不断补充扩建，到19世纪90年代，沪局已成为中国乃至东亚最先进、最齐备的机器工厂。它的枪厂建于1867年，最初只造旧式滑腔枪，不久又试造新式的林明敦枪，19世纪90年代生产自创的快利新枪。大炮除生产旧式劈山炮外，还制作开花子轻铜炮、乌理治炮，更有后来较先进的阿姆斯脱朗炮。子弹产量很大，到19世纪90年代大约每天生产子弹九万颗，每月造地雷200枚，年制造无烟火药六万磅。值得提出的是，沪局建立了中国第一个洋式炼钢炉，中国第一炉钢就是于1891年在这里炼出的，比汉阳钢厂早了两年。除炼钢外，还轧钢板、钢轴、钢坯等，最多一年曾炼钢2 059吨。沪局原来收买的美商旗记铁厂就主要是修造轮船，加上主办人之一的曾国藩的关注，1867年建立船厂和船坞，1868年8月造成第一艘木壳轮船，曾国藩将其命名为“恬吉”号，取四海波恬，厂务要吉之义，后改名为惠吉，长280尺，宽20尺多，时速37里，是中国首造的机器轮船，在黄浦江试航，

江南制造总局炼钢厂

轰动上海滩。到1885年，先后制造大小轮船十余艘，此后即停造，专门修理清朝南北洋各省舰船。另外，沪局还制造了大量机器，有的自用，有的卖或调剂给其他机器局，或出售给一般的民用工厂，对中国机器工业的发展起了促进作用。

沪局的资本基本上是国家投入的，但局中各种产品均已有经济核算，已具有相对独立的企业特征。沪局从事价值生产，产品受到国际军火市场价值规律的制约，它的产品投入流通领域出卖的已占有相当大的比重，它的劳动力大多属招募来的雇佣劳动者，他们是自由劳动力的出卖者，所以，虽然江南制造总局还带有浓厚的封建性，但资本主义因素已占据主导地位。

### （二）福州船政局

福州船政局是洋务派人物左宗棠于1866年创办的，因地处福建，故简称闽局，是当时最大的船舶修造厂，专门制造和修理船舰。左宗棠兴建造船厂的主张，已酝酿多年，早在1864年在杭州时，就曾仿造了一条小火轮在西湖上试行，虽速度不快，但左宗棠仍很高兴。当他从外国人那里了解到中国在造船技术方面还远不如西洋，尤其看到外国的坚船利炮在中国横冲直撞，经济上又依靠轮船获利时，决定购买外国机器，雇用洋匠创办造船厂。因造船厂位于闽江下游罗星塔马尾山下，所以又叫马尾船政局。

1866年，左宗棠在得到批准后，开始筹划建局，还设立船政学堂，又称求是堂艺局，培养制造和驾驶轮船的人才。而且在建局之初，左宗棠就与雇佣的法国人日意格、德克碑签订合同，规定自铁厂开工之日起，五年内由他们监造大小轮船16艘，并训练中国学生和工人，五年内达到独立担任造船及驾驶工作的能力。二人均有一定专长，与船政局属雇佣承包关系，与法国政府无关。

1866年9月，左宗棠调任陕甘总督镇压西北回民起义，由沈葆桢接任总理船政大臣。闽局建厂速度很快。第一艘轮船“万年清”号于1868年1月开工建造，1869年6月下水，排水量达到1 370吨，比日本于1862年仿造的蒸汽轮船“千代田”号138吨的排水量大十倍。到1874年2月为止，共造轮船15艘。按照合同，日意格和德克碑及其他法籍工匠数十人被辞退，由学堂培养出来的学生接管了技术工作。到1907年关闭时共造船40艘，船型已由最初的木质商、兵船发展到钢甲快船，钢胁钢壳鱼雷快船，吨位最大达2 200吨，与外国相比尚显落后，但在当时各洋务企业中是成果较大的。

闽局在中法战争期间损失不大，但由于经费不足却由此一蹶不振，因为它的经费完全依赖于清政府的财政支出，自己并不计成本的。到1907年，几经折腾，日暮途穷，只好关门大吉。但闽局有一个显著的特点，就是突出人才的重要性及其作用，聘请洋员签订合同传授知识给中国学生，并派学生赴外国参观学习。总的来说，闽局培养出来的学生、留学生和科技人才，不仅表现在造船业上，如著名的海军将领邓世昌、刘步蟾，外交人才罗丰禄、吴德章，经济人才林日章，教育方面的后来北洋水师学堂校长严复等人都出自闽局，充分说明闽局在人才培养上要远远超过其他企业。

### （三）金陵制造局

1865年夏，原任江苏巡抚的李鸿章升任两江总督，于是把由洋匠马格里主持的苏州洋炮局迁到南京并加以扩充，更名为金陵制造局，因南京简称宁，故金陵制造局简称为“宁局”。其创办经费主要来自李鸿章的淮军的军饷，数量无法与江南制造总局相比，规模也差许多，但对比其他几个洋务企业来说又是极为重要的一个。宁局主要生产大炮和弹药，产品大都供应李鸿章的淮军以及北洋三省。

李鸿章与金陵制造局

宁局名义上是清廷委派两江总督经营，实际上由英国人马格里掌握着全部局务。马格里原来是军医出身，对军器火药制造是外行，但由于有李鸿章的支持纵容，他目空一切，虐待、诬蔑中国工人，大肆挥霍中国钱财，因此，宁局的产品质量十分低劣。1875 年，大沽炮台试放宁局制造的两门 68 磅重炮弹的大炮时，发生爆炸，炸死士兵 5 人，炸伤 13 人，李鸿章召马格里到天津，责问马格里，马不服气，亲自试放，结果又爆炸，但他拒绝承认错误，结果被李鸿章撤了职，从此宁局不再雇佣洋匠，但李鸿章对马格里仍照顾有加，不久便把他推荐给了驻英公使郭嵩焘作顾问去了。此后金陵制造局苟延残喘，到 1928 年被国民党并入上海兵工厂，称为金陵分厂，后又改为“金陵兵工厂”。

### （四）天津机器局

早在 1865 年李鸿章等设江南、金陵两局时，清朝皇室就唯恐军火制造为汉族官僚所掌握独占，于是即拟派满族官员在天津设立军火工厂，当李鸿章在购买旗记铁厂时，清政府曾要求李鸿章将沪局机器仿造一份，在天津设厂，名义为巩固国家基业。李鸿章却以种种借口推脱，于是清皇室便令三口通商大臣崇厚在天津筹办机器局。

1867 年 3 月，正式成立机器局，最初在城西海光寺建立一个机器厂和炼铁厂，称为西局，后在城东贾家沽设立火药局，称为东局。经费来自天津海关和烟台海关。

崇厚经办了三四年，进展不大。1870 年，李鸿章因镇压捻军起义有功，加之发生天津教案，清政府派崇厚出使法国，李鸿章调任为直隶总督兼北洋通商大臣。定厂名为天津机器局，简称“津局”。从此，大权落入李鸿章手中。自李鸿章上任后，对局内人员作了大批调整，从上到下，把原来在局中工作的北方人逐批解雇，换上忠于他的南方人。清朝皇室虽对李鸿章十分顾忌，怕他作为汉臣有异心，但又不得不依靠他来镇压国内人民起义和办理对外交涉，因此，原来打算由满族官员来控制的津局，只得事与愿违地拱手交给李鸿章去办了。

自李鸿章接办后，津局规模不断扩充，颇具规模，而且东、西局也有了明确的分工。东局以制造洋枪、洋炮、各式子弹、水雷为主，并附设了水师、水雷、电报学堂。西局以制造军用器具和开花子弹为主，使得津局又成为李鸿章扩充淮军实力，向清政府邀功请赏的一张王牌，这样洋务运动中四个较为重要的军工企业沪、宁、津、闽四局李鸿章握有其三了。当然，津局生产也有些成果，除生产军火外，据说在1880年建造出我国第一艘有潜水艇性能原理的船，能在水底暗送水雷放在敌人船下。1887年为讨慈禧欢心，送给她一艘钢铁游艇，用小汽船牵引在昆明湖上行走供她游乐，成了一个大玩具，目的很简单——好伸手要钱。

津局建局数十年，耗去了数千万两白银，曾是李鸿章视为命根子的淮系军械库。但1900年，八国联军发动侵华战争，东西两局毁于兵火，之后蒿草丛生，荡然无存了。

以上介绍的是在清末洋务运动中，由清王朝以政府名义兴办的四个主要的军火工厂。通过这四个军工企业，可窥见中国近代企业尤其是军事工业已开始起步。除此之外，还有各省督抚为了强化本辖区的武装和增强自己的实力，也在清政府的同意下，纷纷自筹经费或由官拨经费创办机器局，较著名的丁宝桢于1875年在济南创办的山东机器局，湖广总督张之洞在汉阳创办的湖北枪炮厂，左宗棠在1872年创办的兰州机器局等，计有17家之多，遍及数省，北到吉林，南到广州，东达杭州，西至兰州。其中的湖北枪炮局还数设备最新的。这些企业在对内镇压人民、对外抵抗侵略中都起了一定作用。

洋务派创办的这些军事工业，基本上都采用机器生产，雇佣劳动，价值规律对它们的生产已起作用，因此已有了资本主义性质。但在组织或经营管理方面都具有浓厚的封建性，对工人的剥削和压迫也都具有封建性。但军事工业的创办，必然促进民用工业和新式交通运输业的发生和发展。19世纪70年代后一批民用企业便是在这种推动下出现的，从这个意义上说，军事工业在客观上对中国社会经济的发展和资本主义民用企业的产生起了一定的促进作用，而且，洋务派为创办军事工业，引进了先进的科学技术和机器设备，对西学的传播和科技人才的培养也起了积极作用。

## 四　中国近代工业的发展

早期的洋务运动以求强为目的，兴办了各类军事工业，训练了新式海陆军，但在这一过程中，也遇到了财政困难，后勤保障难以为继的问题。1888 年后，慈禧太后为修建颐和园，停止添船，为准备 60 大寿，又从 1891 年起在海军军费中拨出部分款项修缮园林，更加重了财政的窘困之状。而军事工业所需大量煤铁供应、电讯等又落后许多，不成体系。尤其重要的是，洋务派们对于向西方学习的思想已深入一步，看到西方国家除坚船利炮的“长技”外，还要有国富民强，雄厚的经济实力，审时度势，他们提出了“寓富于强”的口号。从 19 世纪 70 年代开始，他们在继续进行直接的求强活动同时，还着手经营以“求富”为目的的民用企业，其中包括采矿、冶炼、航运、铁路、电讯等矿业及交通运输事业。到 19 世纪 90 年代，共创办了大约 20 多个民用企业，多数采取官督商办的形式，其中以轮船招商局、开平矿务局、电报局和上海机器织布局为当时最重要的四个企业。

### （一）轮船招商局

轮船招商局是洋务运动由单纯经营军事工业转向兼办民用企业，由官办转向官督商办的第一个企业。之所以创办轮船招商局，是与当时的轮船航运背景分不开的。鸦片战争前，中国沿江沿海行驶的多是中式帆船，尤以沙船为多。战后不久，洋商船只开始航行于中国沿海。1842 年，英船“美达萨”号首航上海，从此，各国船只纷纷行驶于中国的通商口岸，一些著名的轮船公司如美国的旗昌，英国的怡和、太古，德国的美最时等，在中国揽客载货，谋取巨利，逐渐垄断了中国沿海和长江中下游的航运，而我国的旧式航运业却面临破产。大利之下，中国朝野上下出现创办轮船航运以夺回利权的论调，洋务派更是首当其冲。

轮船招商局

1872 年 8 月，李鸿章委托浙江海运委员、候补知府朱其昂筹办轮船招商局，1872 年在上海宣告成立。由于朱其昂出身沙船世家，办事不力，并出现亏损，后引咎辞职，由洋行买办出身的广东人唐廷枢任总办。之后，局务发展很快，赢利逐年增加，并于 1874 年和英国太古等公司与实力最强、垄断长江航运历史最久的美国旗昌轮船公司进行竞争，使它出现亏损现象，以至于面额一百两白银的旗昌股票到 1876 年只值 56 两。于是轮船招商局以 222 万两白银买下旗昌的船产，自身船只也由 12 艘增加到 30 余艘，成为一支实力可观的商船队。于是外国轮船公司又与它通过削价手段展开竞争以挤垮它，轮船招商局采取有效措施，加上由李鸿章出面由政府给予帮助，渡过难关，于 1876 年、1883 年和 1890 年三次与英国轮船公司太古、怡和两家签订齐价合同，站稳脚跟。其间，曾因中法战争而暂时出售给旗昌洋行，战后赎回，此后发展迅速，赢利丰厚，1909 年改组后归清政府新成立的邮传部管理，1930 年由国民党政府改为民营，1932 年归属交通部，成为四大家族垄断航运事业的机构，抗日战争中迁往香港、重庆，战后迁回上海，到1947 年11 月，共有船460 艘，30 余万吨，解放后归人民政府所有。

## （二）开平矿务局

洋务派在创办军事工业的过程中，越发感到煤铁的重要性，而由于本国煤炭工业的落后，不能满足需求，只得每年花巨款买洋煤，心有不甘，所以急欲开采煤矿。鸦片战争后，外国列强开辟到中国的轮船航线，所需用煤大增，为取得廉价煤，也把目光投向中国，以英美为首，不断提出各种条件诱惑清政府允许他们开矿，但均遭清政府拒绝。

在这种内有要求、外有压力的情况下，清政府决定筹办海防，自己兴办煤矿。1876 年11 月，李鸿章委派当时任轮船招商局的总办唐廷枢赴唐山开平一带勘测，发现储量丰富。他把带回的样品送到京师同文馆和英国伦敦矿务院进行化验，证明成分很好。于是，唐廷枢写了两份报告提交给李鸿章，称赞开平矿产蕴藏丰富，质地优良，并建议为运输便利起见，应修筑一条铁路，做到采煤、炼铁和筑路三者同时并举，并拟订了章程，定企业名为“开平矿务局”，强调按照资本主义追求利润的原则来办事。

1878 年8 月，开平矿务局正式设局开办。1879 年2 月开始凿井施工，工程进展顺利，预计到1881 年可全面投入生产，于是在1880 年秋至1881 年5 月，自芦台至胥各庄之间挖掘了一条长 70 里的河道，直通天津，用于煤炭运输，取名煤河。同时，又修了一条从唐山煤矿至胥各庄约 20 里的轻便铁路，原本用机车牵引，但遭到一些人的强烈反对，认为机车行驶震动祖陵，吐出的黑烟破坏风水，损害庄稼，所以只好用马来拉车运煤，成为一条名副其实的马路。1881 年，开平煤矿如期出煤，日产约 300 吨，而且不断提高，消息传开，声誉大振，招股也顺利多了。到 1889 年，产量达 247 000 多吨，迅速占领了天津市场，冲击洋煤在此地区的垄断，并以低价优质使洋煤尤其是日煤进口处于劣势，最后使得在靠近开平的天津市场基本无洋煤进口了。为适应煤产量的提高，1882 年，唐山到胥各庄的铁路开始行驶火车，1886 年，又将铁路修到阎庄，并成立独立的开平铁路公司，1888 年又以中国铁路公司的名义将铁路修至大沽，使得煤炭转运更为便利。在此基础上，开平矿务局又购买了一艘运煤船，往来于天津、牛庄（今营口）、烟台之间，到 1894 年增加到四艘。此时煤炭日产已达 2 000 吨了，经营成效，是其他洋务企业难与匹敌的。

1872 年，唐廷枢病逝，总办职位被醇亲王（即光绪皇帝的亲生父亲）的侍役张翼得去，张翼此人招权纳贿，声名狼藉，通过醇亲王和李鸿章的关系而取得此位，从此开平矿务局结束了它的鼎盛时期。1900 年八国联军侵华时，矿务局被英国吞并，战后从清政府到北洋军阀几经交涉，均未能收回，1941 年太平洋战争爆发，又为日军侵占，抗战胜利后为国民党政府接收，1949 年后回到人民政府手中。

### （三）电报总局

架设电线，创办电报局，属商务发展的必需，所以外国资本主义列强早垂涎已久，俄、英、美分别在 1862 年、1863 年和 1864 年向清政府提出架设电线的要求，均遭拒绝，其原因不外是出于军事和外交的考虑，认为两者都有损于天朝大国的威严，出于抵御和害怕两者兼而有之的心理，拒绝了外国列强的请求。而且由于当时中国洋务运动处于求强阶段，近代军事工业刚刚起步，电线电报并未显出是怎样的必需之物，因此清政府既不准许洋人电线登陆中国，自己也不打算架设电线。

但大利所在，列强趋之若鹜，甚至靠不正当手段偷架线路，像丹麦大北公司以欺骗手段在中国陆地架设电线。当时清政府规定外国可铺设海缆，不许登陆，在这种情况下，福建船政大臣沈葆桢奏请政府同意，以 158 000 多元的价格买回，于 1878 年在台湾一处叫打狗的地方铺设电报，由中国人掌握，主要是因为打狗靠近正在开采的基隆煤矿。这样，中国有了第一条电报线。

随着列强入侵的深入和社会经济的日益发展，洋务派在军事、政治、商务各方面对电线电报的需要更为迫切。1879 年，李鸿章在天津——大沽口之间架设电线，通报效果良好，于是于 1880 年成立天津电报总局，并于 1881 年 4 至 11 月在天津、上海间架设电报电线成功。在这期间，洋务派认识到人才的重要性，于 1881 年设立天津电报学堂，培养通晓电报业务的人才，此后南京、上海等地的电报学堂也相继成立。并在天津成立电报总局，由盛宣怀任总办，在紫竹林、大沽口、济宁、清江浦、镇江、苏州、上海七处设分局。仔细观察就会发现，政令所出的北京反不在其列，这是因为昏朽的清皇室认为皇帝诏令由电报发出有损皇朝的威严，死要面子而使北京反被排斥在外。

电报局设立之初属官办性质，1882 年 4 月改为官督商办，规定凡军机处、总理衙门、各省督抚及出国大臣有关洋务、军务的电报属头等官报，不收费，中法战争后改为收取半费，其他则一律按章程收费。此后，电报局发展迅速。1884 年，上海至广东的线路竣工，电报总局迁到上海，1885 年，上海到汉口的线路也已接通，此后，电报逐渐扩展至全国各主要城市。至于腐朽的清朝皇室也尝到了甜头，1900 年八国联军侵入北京，吓得西太后携光绪帝逃到西安，1901 年局势稳定后准备回京，为把“回銮”的消息尽快通知沿途各官员，特意架设了从潼关至正定的电报线路。此时清朝电线电报营运已分为官督商办和官办两种，在商务往来密切，有利润可赚的线路上，一般实行官督商办，相反，因地理偏僻，基本上无利可图的线路只能由政府出面官办，维持运转。

电报局成立的根本目的是为维护清王朝的统治，因此，它成立后所起的作用也是双重的。一方面，它有抵制外国侵略的作用，即便是在中国电线与洋线接通之后，仍坚持自己主权操作，并在 1887 年与英国的大东公司和丹麦的大北公司签订齐价合同，起到了分洋商之利的作用。到1899年，清政府决定电话业务也由电报局办理，使美国阴谋未遂。而当西方列强企图以中国加入万国电报协会为诱饵，来束缚中国电报事业时，盛宣怀以创办未久、规模太小的原因拒绝加入，体现了一种民族精神。对内，它一方面有促进各地商务往来、经济发展的作用，这是毋庸置疑的，同时，也利于清政府与地方统治者互通声气镇压人民，如1904~1905年湘赣起义被镇压即是一例。当然，它内部还存在着电报错讹之弊、延误和虚报等舞弊行为，但总的来说，其积极作用是主要的。

### （四）上海机器织布局

洋务派创办的四个最重要的官督商办企业至此已讲过三个，这三个企业有一共同之处，即它们虽是为求富而建，但仍与求强有着联系，即民用、军用同样重要，但即将讲述的上海机器织布局相形之下则是较为“纯正”的民用企业。

鸦片战争以后，外国商品尤其是英国棉布大批涌入中国，英国棉布进口额仅次于鸦片而居第二位，对中国传统的棉纺织工业造成很大冲击。而棉纱、棉布又是中国百姓生活必需品，但以当时中国战败被侵略的地位，无能力加税限制进口，因此洋务派只有谋求自己建棉纺织工厂一条路了。

早在1876年，李鸿章就曾有在上海办织布厂的计划，但未能实现。1878年10月，李鸿章委派前四川候补道彭汝琮在上海办厂，并请当时办企业声望极高的郑观应作会办，承办织布局。但彭汝琮这人劣迹累累且不改正，于是与郑观应发生冲突，李鸿章撤了彭的职，改组织布局，制订《章程》，并根据郑观应的呈文，要求十年之内只准华商附股搭办，不准另行设局，在税收方面给予一定的优惠特权，但这目的主要是针对洋商而扶持本国棉纺织业。此后上海发生金融危机，织布局又行改组，历经十多年的折腾，1889年底，上海机器织布局正式开工。1890 年，李鸿章任命马建忠为总办，开始了正式的生产。

织布局从弹花、纺纱到织布全用机器，是中国第一家机器棉纺厂，所纺的纱和织的布，质量大体可与进口纱布相媲美，因此营业兴旺，尤其纺纱的利润尤高。然而，正当织布局建成投产并准备大力扩充之际，1893 年 10 月 19 日，清花间失火，全厂付之一炬，损失严重，估计 100 万两白银。李鸿章决心由盛宣怀负责重建纺织局，招股 100 万两，为照顾商人惧官的顾虑心理，决定改局为厂，以示商资商办的意思，后由李鸿章取名为华盛机器总厂。1894 年10 月重新开工，另在宁波、镇江等处设有十个分厂，但甲午战争爆发对厂子影响甚大，亏损巨大，于 1900 年全盘卖给集成公司，计价 210 万两白银，结束了它的命运。

在纺织企业中，还有左宗棠在兰州创办的兰州织呢局和张之洞在湖北武汉设立的湖北纺织官局，但都以失败告终。这里有因对市场不够了解，生产效率低下，成本高，或因官府的腐败等原因，使几百万两白银付诸东流。但对于促进地处偏僻的西北和武汉周围地区近代企业的发展还是有作用的。

官督商办型的近代企业的出现是当时中国社会历史条件下的必然产物。在 19 世纪七八十年代，国内封建顽固势力在当时朝野上下都有相当强大的影响，他们坚决反对引进新机器生产和科学技术，同时又有外国侵略者的排挤和打击。像开平矿务局被迫停驶的“铁路”以及 1894 年，织布局不慎发生火灾，租界内的外国消防队却拒绝前往救火，都是很好的例子。所以，如果没有把握实权的地方督抚的保护和支持，大型的新式企业如航运、采矿、电报等，是很难建立并维持下去的。在这种情况下，官督商办企业乃应运而生。但是官督商办企业不但对本国封建统治者有依赖性，对外国资本主义也存在着很大的依赖性。从机器的采购、安装到运转，大都依赖外国技术人员，有的企业在资金周转方面还依靠外国洋行或银行的贷款，这也是这类企业同外资竞争中的软弱根源所在。洋务派创办的官督商办企业，年收入几乎都以“官利”、“花红”的形式分配殆尽，很少用于资本积累，削弱了自己与外资企业的竞争实力，与资本主义经营方式背道而驰。所以到中日甲午战争为止，大多数官督商办企业经营了 20 余年，声势不小，但成效甚微，这也是主要原因之一。

洋务运动虽没有改变中国半殖民地半封建社会的性质，也没有使国家走上真正富裕、强盛的道路，但他们创办的一批近代军事和民用企业，为中国带来了近代化的技术，引进了先进的机器设备，培养了一批近代化人才，开阔了中国人的眼界，在一定程度上有利于并促进了中国资本主义的发展。

# 第六章

# 清朝末年的中国工业

## 一　甲午战争后中国工业的状况

甲午战争是指 1894 年 7 月，日本为侵略朝鲜而与其宗主国中国清政府发生的战争，这一年是旧历甲午年，史称甲午战争。战争中，李鸿章苦心经营三十余年的北洋舰队全军覆没，战后签订的《马关条约》进一步加深了中国半殖民地半封建的进程。从此，原来在清王朝眼中被视为蕞尔小国，在口中被称为倭寇的邻国日本，开始凌驾于清王朝头上，与西方列强共同宰割这个软弱的古老王朝。而《马关条约》中关于日本可以在中国通商口岸设立工厂等系列规定，西方列强又通过机会均等，利益均沾的原则，享有同样的权力。从此，外国列强在中国取得了合法开厂的权利，对中国民族工业进行直接的压迫。

甲午战争的惨败对清王朝震动很大，加之战后各国瓜分中国的危机，刺激了中国社会的各个阶层。不但广大人民发出了强烈的救亡呼声，在封建统治阶级当中，也有不少人上奏疏，递条陈，要求进行改革，发展工业。于是，清政府在此时更加认识到兵力、军器在战争中的重要性，继续加强军事工业建设。例如在洋务运动期间由张之洞创办的湖北枪炮厂，开始时与湖北铁政局联在一起，1895 年分离独立，以后到 1904 年每年均有扩建，先后加建炮厂、炮弹厂、锅炉、翻砂、熔钢、打铁等厂，规模日渐扩大。

其他像福建、山东机器局也均有不同程度扩建。除延续原有军火工厂外，清政府又新筹设有新疆机器局、江西子弹厂、山西制造局、河南机器局、北洋机器局等新厂。原来的天津北洋机器局1900年被八国联军所毁，1901年直隶总督袁世凯将残存设备移至山东，在德州复设北洋机器局新厂，并于1904年10月落成开工，而且许多新式工业企业已尽量改官督商办为商办，增加自主性，而投资多样化，分散化。投资领域遍及造纸、印刷、制革、火柴、卷烟、水泥等各工业部门，地区遍及江苏、浙江、湖北、广东、山东、新疆等各省。

但在这同时，传统的官办工业规模日渐缩小甚至裁减。在过去，制造刀矛的传统军火工业是官办工业中最主要的部门，不论战时或和平时期，都拥有众多工匠，具有较高的生产能力。但到了后来，新式军事工业出现，其生产能力及技术水平自然要比旧式兵器大有提高，而且传统的大刀、长矛、鸟枪火铳也已不适应新的战争形势。这就导致传统的兵器工业一落千丈，逐渐被新式兵工厂代替。还有像过去织造绸缎与布匹的官办工业，每年要向数万名皇室人员及众多官吏提供所需的各种高档衣服，维持几百万军队将士的军服与军营器具用布，消费量巨大。但随着近代工业发展，中国自己兴办的机器织布厂，已能为官方提供大量物美价廉的布料，比传统的官办工业要合算得多。相比之下，官办工业反成了包袱。于是，政府很快将一些官局裁撤合并，像江南三大织造局已设立了几百年，到1904

年首先是江宁织造局被裁撤，随后不久，杭州、苏州两局也相继撤销。其他如蚕丝局、铸币作坊等旧式传统工业也没能逃脱类似的厄运。可以说，历经3000多年而不变的官府工业在世界性商品经济的冲击下开始崩溃。

而与此同时，各帝国主义国家却利用《马关条约》中取得的在中国投资设厂的权利，加紧对华进行资本输出。在甲午战争前，外国资本在华工厂已有80余家，其中多属船舶修造厂和原料加工厂。而从1895～1900年间，外国列强在华设厂总数激增到932家，外国资本主义企业已伸入到中国的各个经济部门。它们利用中国的廉价劳动力和原料，节省了运费，又享有种种特权，从而取得了巨额利润，严重排挤了中国民族工业的产品。在其资本输出中，除强迫清政府进行政治贷款外，在工业领域，把目光主要对准矿山、铁路和其他工业。

外国列强之所以那样热心于中国铁路的投资建设，是因为一方面铁路的巨额经济利润驱动所致，更重要的在其政治动因，铁路可以说像列强在中国的魔爪，铁路修到哪里，帝国主义势力便紧跟到哪里，扩展自己的实力。甲午战争后几年间，列强共在中国夺取了长达19 000余里的铁路修筑权和投资权。虽还未全面动工，但列强们却借机控制了铁路沿线的大片土地和资源，有的甚至还享有铁路沿线的行政权和警察权，使铁路沿线的中国领土主权名存实亡。如俄国修筑从中国满洲里到绥芬河的中东铁路，有的车站面积达几十平方公里，更夺取沿线煤、金、森林的开采权，从中大受其益。而且越是重要的铁路线，越像一块肥香的肉骨头，引得各国列强作狗咬狗式的争夺。1896年，英国政府为与俄、法相抗衡，提出要修建从天津到镇江的津镇铁路。这条铁路极为重要，它直贯直隶（河北）、山东、安徽、江苏四省，连接清王朝的政治和经济中心，而且在此之前德国和美国早有此意，因此清政府不敢答应英国。当英国提出这一要求时，德国向清政府表示，如果不让德国修筑山东段的铁路，这条路就休想从山东过境，显然，因为山东是德国的势力范围。无奈，英国只好与德国交涉，答应分割英国在非洲的殖民地给德国，以取得德国让步。最后，两国终于达成协议，划分了各自修筑范围，共同建造津镇铁路，并逼迫清政府向他们借款，他们的目的达到了，然而清政府的利益大大被损害了。

其他几条重要铁路的争夺情况大致相当。俄法集团取得了卢汉铁路（从卢沟桥——汉口）的投资、修筑和经营权。美国取得了粤汉铁路（从广州——汉口）的借款权和承筑权。俄国取得了京奉铁路（从北京——沈阳）的修筑权。这一时期的铁路争夺在1898年和1899年夏达到了高潮。结果，各帝国主义国家瓜分了中国的铁路权利，巩固了各自在华的势力范围，而中国主权受损、受侵略日深。

对中国矿山的争夺更显出帝国主义列强的贪婪野心。1896年，美国首先和中国“合办”门头沟煤矿，外资从此侵入中国矿业。有了始作俑者，列强们纷纷效尤，争抢着与清政府签订各类矿务合同，大肆掠夺中国矿业投资权和开采权。到1899年，美国在山西、四川取得数处煤矿和金矿的开采权，俄国更显出贪心不足之势，把新疆全省的金矿开采权悉数抢去，四川金矿开采权被法国掠去。在铁路线两旁中国矿权更是丧失殆尽，俄国在中东铁路沿线（哈尔滨——满洲里、哈尔滨——绥芬河、哈尔滨——大连），德国在山东胶济铁路沿线（济南——青岛），英国在正太路沿线（正定——太原），中国的矿产开采权都落入外人之手。

至于投资设厂，更是规模增大，种类见多，巩固了原有的船舶修造业和原料加工工业。像英商耶松船厂和祥生船厂于1900年合并成耶松厂船公司，资本达570万元，成为上海最大的外商企业。其他的加工工厂也同样发展壮大，像资本雄厚的怡和纱厂，老公茂纱厂，增裕面粉厂，鸿源纱厂，三井制面厂，美国机器碾米厂和美国纸烟公司都是这时期建成的。行业已涉及纺织、面粉、碾米、烟草、制茶等各经济部门。

同时还继续向中国倾销棉布、棉纱、煤油、面粉、纸烟、钢铁等工业品，进一步加速了中国城乡手工业的破产。而且这种现象不仅出现在中国沿海地区，在内地也呈日益扩大之势。像由于煤油输入激增，使中国白蜡业逐渐衰落，植物油的销售受到排挤。土纱土布更严重，有的地方已出现了停织现象。中国社会经济的半殖民化程度进一步加深。

## 二　民族工业发展的第一个高潮（1895～1898）

既然外国资本通过《马关条约》已取得在华投资设厂的合法权利，并且已呈“州官放火”之势，面对此种情形，清政府也感到对民间资本再不能“禁止百姓点灯”了，于是放宽了限制，束缚有所放松，在甲午战争之后的改革措施之一就是允许民间投资设厂。从此，中国工商业者终于可以堂堂正正地在自己的土地上开矿办厂，虽暂时还没有严密的法律条文来保护，但对比先前那种任人宰割、内外交困的状况来说，无疑是一个大大的进步和改善。由此也迎来了中国近代民族工业发展的第一个高潮。而且此时民族工业的发展也相应具备了一定的条件。

在商品市场方面，由于外资企业纷纷建立和洋货大量倾销，农村中以纺纱织布为主的家庭手工业急剧破产，土纱土布被排挤到出现部分地区停织的程度，而机织纱布和一些工业品的需求量则迅速上升，商品市场不断扩大。再从劳动力市场看就更为丰富广阔了。随着自然经济被严重破坏，更多的农民和手工业者破产失业。一些铁路线的破土动工，河流中新式轮船的航行，使原来那些从事旧式推车担担、划船运货的运输人员流离失所，邮电事业的兴办，又夺走了大批驿站人员的生计，他们成了多余的人。这些与日俱增的失业破产的人群，就给民族工业发展提供了充足而又廉价的劳动力。在 1895～1898 年的四年间，全国新创办厂矿企业 50 多家，其中官办，官督商办的企业只有 8 家。其余均为民间资本经营的民营工厂。而且资本总额民营工业是官办、官督商办的三倍。投资领域涉及到纺织、缫丝、面粉、碾米等传统的一些工业和硝皮、印刷等较为新式的工业部门，出现了一批著名的企业和商人。

纺织业方面首推无锡杨氏兄弟创办的业勤纱厂。业勤纱厂是杨宗濂、杨宗瀚兄弟于 1896 年在无锡创办的。在此之前，杨氏兄弟因为其父与李鸿章关系密切，曾入过李鸿章的幕府，并参与过上海机器织布局的筹建、生产，见织布尤其是纺纱获利丰厚，就起了独立设厂的心，准备自己开办纺织厂。1893 年织布局发生大火，杨氏兄弟借故退出，于 1896 年在张之洞的支持下，在无锡开设了业勤纱厂，这是无锡第一家商办的使用机器生产的纱厂，也是中国第一家民族工业资本的棉纱厂。杨氏兄弟之所以在家乡开办纱厂，除为厚利吸引外，也是被当时全国掀起的实业救国的热潮所打动。况且无锡本地又有许多有利条件，人多地少，劳力充足，交通便利，历史上即为纺织之乡，盛产棉花。尤其重要的是，当时无锡尚无人开办机器纺纱厂。所以开工后业务发展很快，该厂生产的“四海升平”牌棉纱，畅销于常州、江阴、常熟一带，极受江南手工业者和农村妇女的欢迎，堪称名牌产品，供不应求。于是，于 1903 年又扩大生产规模。它生产的各种粗纱，有力地抵制了英、日等国在苏南地区竞销的洋纱。其成功的经营也产生了重要的影响，动摇了当地“重本（农）抑末（商）”以及与此相联系的封建价值观念，推动了无锡及江苏近代工业发展。在这之后，无锡工业蓬勃发展，形成了纺织、缫丝和面粉三大优势工业。

在当时的纺织企业中，著名的还有宁波商人严信厚创办的通久源纱厂。严信厚是清末实业家，1886 年首先在家乡宁波创办了通久源机器轧花厂，这是中国第一个机器轧花厂。1896 年，严信厚在轧花厂旁开办了通久源纺纱厂，由于经营有方，生产能力不断扩大，全厂职工达到 1 800 人。因而声名大振，成为中外瞩目的大厂。在此基础上，严信厚又投资其他实业、金融领域。1907 年设立通久源棉籽油厂，大大提高了原料利用率和利润率，1904 年开设了通久源面粉厂，并参与创办龙章机器造纸公司，并经营医药、保险、自来水、农垦等项业务。1896 年参与创办了中国近代第一家银行——中国通商银行。由于其杰出贡献，1903 年上海商务总会成立时被推举为总理。

严信厚

在面粉业中较著名的企业有孙多森于 1898 年创办的阜丰面粉厂。机制面粉自 1886 年由美商开始贩入中国，此后，洋面不断进入中国，甲午战争后，在民族危机加深和投资环境得到一定改善下，孙多森创办了阜丰面粉厂。因为面粉是人们生活必需品，销路不成问题，而且面粉业所需资本不多，只要有一台磨面机即可投产。孙多森从美国购买机器，于1898年在上海正式开办了阜丰面粉厂，并借助封建官府的支持，取得免税特权，经营颇有起色。产品广销营口、青岛、烟台、天津、福建、浙江、广东等地，促进了中国面粉业的发展。

在这一高潮之中较为主要的企业还有买办商人祝大椿创办的源昌碾米厂。祝大椿是英国怡和洋行的买办，他通过英商给他的佣金积累了大量资本，从19世纪80年代起，他就开始投资于近代企业，由于他和帝国主义关系十分密切，可以借其势力避免地方官府的种种勒索，所以营业发展较快。1898年，他在上海创办了源昌碾米厂，成为该行业中较早从业者。此外，他还投资于航运、面粉、缫丝、纺织等行业。包括源昌碾米厂在内的，还有怡和源打包公司、公益纱厂等企业都是他与外商合办的，目的就是为依附外国势力，使企业获得发展。

在商办企业中，商务印书馆作为中国出版业的先驱也具有重要的地位，在出版业中发挥着巨大的影响力。

商务印书馆是由我国近代著名企业家夏粹芳创办的。在此之前，中国印刷业曾有近代买办徐润于1882年在上海创办的中国近代第一家机器印书企业——同文书局。他从国外购买机器，曾印制古籍经典著作数十万部，但因压本太多，导致资金周转不便，遂于1898年停办。

夏粹芳早年曾在长老会办的美华书馆中做学徒，熟悉印刷工业的基本程序，为其后来创办印刷企业提供了有利条件。1897 年 12 月 11 日，夏粹芳联合其他亲友在上海创办了商务印书馆。最初规模很小，因主要承印英美圣公会、广学会的宗教书籍和洋行的账册、广告之类的东西，而取名商务印书馆，所以这个名字也恰当地表明了该局的营业性质。建馆第二年，中国大地掀起了维新变法的高潮，渴望了解外国和学习外国的知识分子越来越多，夏粹芳及时捕捉到这一信息，请人翻译了教会学校的英法课本，出版后大受欢迎，震动出版界。随后又乘胜扩大规模，购买更新的机器设备，使商务印书馆成为近代中国最大的一家近代化出版企业。由于出版社欣欣向荣的发展，使越来越多的人投身于近代出版业。1912 年元旦，由商务印书馆独立出去的陆费逵创办了中华书局，与商务印书馆形成抗衡、竞争的局面。它们对我国出版事业都起了促进作用。

在洋务运动后期创办了天津自来水公司的吴懋鼎，在甲午战争后又创办了天津硝皮厂，1892 年投资 76.9 万元在天津创办。它的机器购自英国，雇工最多时达到1 000多人，产品起初大部分供应袁世凯在天津小站训练的新建陆军所需，到了宣统时，清王朝禁卫军的服装也由他的厂子包办了。到了第一次世界大战期间，硝皮厂曾向英、俄两国提供过车套、马鞍、马靴等军需产品。利用积累起来的资产，1898 年，吴懋鼎还创办了天津第一个现代化工厂——天津织呢厂。这个厂曾得到光绪皇帝的支持，采用的是新式机器设备，生产上等毛布、毛毯和毛织品。1900 年毁于八国联军炮火，1902 年又重新开工生产。

另外比较有名的还有华侨商人张振勋于 1895 年创办的张裕酿酒厂，朱幻鸿在上海创办的裕通纱厂等。

通过对甲午战争后中国民族工业第一个高潮的几家重要企业的介绍，可以看出，此时中国的民族工业有了一定程度的发展。在很多部门和领域，具有开创先河、发风气之先的带头作用。但也要看到，虽有初步发展，但力量仍很微弱，障碍重重。首先是来自外国列强的雄厚资本和廉价商品的竞争，他们取得投资设厂权后，更加堂而皇之、肆无忌惮地开厂投资，排挤中国的民族工业，使他们随时有破产倒闭的危险。像在甲午战争后三四年内，外资开设纱厂十家，形成了一个兴办纺织工业的高潮，而同时中国在这段时间里再没有添置一家工厂。日本棉纱又在华中、华北大量倾销，英、美、德也在上海开办纱厂，竞争结果，从 1898 年后上海及苏杭一带的民族资本开办的纱厂开始发生亏损。其他民族工业也是如此，像前面提到的商务印书馆，为避免与日本竞争，保有自己的市场，不得不与日本企业合资，直到辛亥革命后才出巨资赎回日方股份。而本国的封建势力的压迫仍构成民族工业发展的阻力，虽然民族工业已获得清政府的允许和承认，但并没有法律上的保护，束缚和阻碍民族工业发展的苛捐杂税非但没有减少，反而日渐增多。这就使得一些民族资本家想办法或依附外国势力，或投靠本国强权以保护自己，像创办业勤纱厂的杨氏兄弟就因深得李鸿章的保护，才得以发展壮大。吴懋鼎也是利用与李鸿章同属安徽的同乡关系，并且与英国洋行搞好关系，得以不断扩充产业。他们还在发达之后捐资纳官，取得封建社会认可的社会地位。这些都影响了民族工业正常健康地发展，也是民族工业无力与外国竞争的重要原因之一。尽管这些民族工业在内外压迫之下处境艰难，但毕竟有所发展，并取得了一定的成效。它们不同于以前的官督商办和官商合办企业，更不同于官办企业。这种独立资本的商办企业，每一步所取得的成功和成就，无不饱含着他们的心血，也对更多的中国人产生激励作用，使越来越多的中国人投身于实业救国的洪流中去。其中固然有为利益驱动者，但客观上为增强中国的工业能力，提高工业水平，起到了不可低估的作用。而且他们在发展工业的同时，认识到了西方的价值，萌生出学习西方、救亡变革的想法，有的更是参与到实际活动之中。例如吴懋鼎，在戊戌变法期间曾担任农工商局督理，主张变法，以至变法失败后，被清政府撤销了三品卿衔。但这说明中国的民族资产阶级在甲午战争后开始觉醒，登上政治舞台，扮演越来越重要的角色。

## 三　民族工业发展的第二个高潮（1903～1911）

从1895至1898年的四年当中，中国民族工业有了一个短暂的发展高潮之后，由于外国资本主义工业的入侵以及国内局势动荡不安，义和团运动，八国联军入侵北京及《辛丑条约》签订，影响了民族工业的进一步发展壮大。直到1903年以后，中国民族工业才有了恢复，虽然当时中国已完全沦为半殖民地半封建国家，清王朝也成了帝国主义统治中国的工具，中国农村经济残破凋敝，但由于时局较稳定，民族工业仍有一定程度的发展。从1901年到1911年间，商办厂矿有277家，占资本总额的60%，仍以轻工业为主，其中纺织厂就占了75家。此外，卷烟、造纸、火柴、玻璃等轻工业，都有较显著的发展。民族工业迎来了比第一次发展更为重要的第二个发展高潮。究其原因，主要是清政府对私营民族工业的开放、抵制美货和收回利权运动的蓬勃展开。

《辛丑条约》签订后，清王朝深切感受到亡国灭种的危险，一些清廷大员像刘坤一等人纷纷上奏，要求清政府注重发展民族工业，增强实力。1902年，清朝政府依据一些大臣建议，向各地委派大臣，专门负责办理商务，并任命袁世凯为督办商务大臣。1903年5月，清政府设立商部，位列仅次于外务部之后而属于其他部之前，后来又把负责铁路及邮电的邮传部并入商部，1906年改为工商部，统筹全国工商事务。甲午战争后，虽然清政府已允许民间办厂，但是由于没有法律保护，使得民族工业发展仍显得困难重重，不消说外国的侵略与排挤，即便本国的传统封建思想已经使民族工业发展屡受阻挠。在这种情况下，清朝政府开始着手制定法律。1904 年 1 月，《公司律》诞生，这是一部围绕着企业利益为中心的法律条文，赋予了商办公司与官办、官商合办公司以同等的法律地位。1906 年又颁布了《破产律》，规定了对企业破产和有心倒骗行为的不同处理方法。清朝商律作为中国第一部工业法典，在维护资产阶级的合法权益上起了一定的作用，在一定程度上解除了商人视投资工业为畏途的顾虑。而且，清政府不再视那些实业为奇技淫巧而百般阻挠，相反，它发布各种命令、实行各种措施进行奖励。早在 1898 年 7 月的戊戌变法中，光绪皇帝就签发了第一份关于奖励工业投资者的命令，倡导和鼓励资本者将资金投向工业，此后，类似的对工业投资者以及工业技术人员、发明创造人员的奖励的法规不断完善。并在 1903 年颁布奖励实业的章程，对投资工业者，按其投资额的多少，分别给予不同的奖励，授予不同品级的顶戴花翎，后来标准还有所降低。这样做既满足了投资实业者的心理需要，又鼓励更多的人加入到投资实业的洪流中，像张謇因组织了 11 个公司，资本达 200 万元，利润每年三四十万，第一个得到了商部“头等顾问”的奖赏。张裕酒厂的创办者华侨商人张振勋因投资实业卓有成效，1905 年清政府赏给头品顶戴，补授太仆寺正卿，特派为商部考察外埠商务大臣。

张裕酒厂创办者张振勋

实行对从事实业进行奖赏，其效应表面上是刺激资本向工业化转化，但其潜在的效应是有利于扭转“贱工商”的社会习俗，引导人们在思想、价值观念等方面向资本主义转化，这实在是中国早期资产阶级的一个胜利。

1905年爆发的抵制美货运动，是广大人民为抗议美帝国主义虐待华工，迫害华侨，拒不废除期满的限制华工条约而发动的一次较大规模的群众运动。

鸦片战争后的几十年间，美国为开发本国的西部，陆续从中国诱骗了大量华工。这些华工在美国担负着开矿、筑路、垦荒等最繁重的体力劳动，由于他们的辛勤劳动，使荒凉的美国西部变成繁华都市。到了19世纪70年代，美国发生经济危机，工人运动蓬勃发展，为了转移群众斗争的视线，美国资产阶级把美国工人待遇下降归罪于华工，煽动排华。1894年，美国政府强迫清政府订立“限制来美华工”的条约，为期十年，对赴美华工作了种种苛刻的限制，并虐待华工，迫害华侨。1904年条约期满时，美帝国主义拒不改约，不顾中国人民的强烈反对，一意孤行。1905年5月10日，上海总商会召开特别会议，全体一致通过抵制美货，并通告全国其他21处商务局，自此，波澜壮阔的抵制美货运动，迅速在全国范围内发动起来。7月下旬，运动进入高潮。全国各行业各阶层人物都卷入了运动，还得到了海外华侨和留学生的大力声援。商号不订、不卖美货，人们不买、不用美货，码头工人不装、不卸美货。美国人办的学堂，学生退学；美国人办的企业，职工离职。广州食品业工人拒用美国面粉，新加坡华侨拒不搭乘美国人经营的电车。全国人民同仇敌忾，显示出群众运动的伟大力量。

抵制美货运动是由民族资产阶级领导的。在运动中，他们提出不依靠政府，即以自己的力量来抵制。而且总结出了五条抵制美货的好处，如鼓民气，团结民力，兴中国商业，可以广开会议，联络全国，为将来自治自立奠定基础，自己仿造美货畅销，可以收回失去的利权等。这些言论表明，民族资产阶级已经有了新的觉醒，正在加紧努力为自己政治、经济的发展开辟道路。

抵制美货运动兴起后，美国政府上至总统、下至一些传教士纷纷对清政府施加压力、干涉破坏。在美国压力下，清政府于 8 月 21 日发布谕旨说禁用美货“有碍邦交”，命令各省督抚从严查办。直隶总督袁世凯首先镇压了天津的爱国运动。接着，福建、广东等省的爱国运动也遭到禁止。民族资产阶级内部也出现了妥协、动摇和分化。一些上层人物纷纷退出。但群众运动仍继续进行，迫使清政府没有在限制华工的条约上签字。斗争直到 1906 年才渐次平息。

继 1905 年抵制美货后，1907 年，江苏、浙江两省人民开展了抵制英货斗争，1908 年山东发生抵制德货运动，广东、广西等省则掀起了抵制日货运动，并给了日本帝国主义以一定的打击。

从 1903 年起，各阶层人民反对帝国主义控制我国铁路、矿山的收回利权运动，逐渐在全国许多省区开展起来。铁路、矿山是帝国主义掠夺中国的重要目标。1902年，清政府同英、美、葡等国签订的商约中，明确规定准许外国人在“中国地方开办矿务”。随后几年间，帝国主义者在攫取某处矿权时，往往还附有更换他处矿权的权力，这实际上等于这些列强已霸占了全省全区的矿权，帝国主义分子乐不可支，中国主权则大受损失。而中国铁路权利尤为帝国主义者所垂涎。通过攫取铁路的利权，他们不但能榨取巨额利润，而且通过铁路，伸展他们政治、军事、经济、文化的侵略魔爪于铁路所到之处。所以日本的报纸《朝日新闻》就形容铁路像人的血管，有了铁路权，就有了一切权力。到20世纪初，中国境内的大部分矿权、路权都被帝国主义列强所夺取。也就是从这时起，中国人民掀起了轰轰烈烈的收权利运动。

各地爱国人士为收回被帝国主义霸占的矿区，进行了激烈的抗争。从1905~1911年，先后收回了山西福公司矿区、山东峄县中兴煤矿、安徽铜官山矿区、四川江北矿区等几处矿权，取得了一定的胜利。

山西福公司矿区的收回可说是夙愿已久。1896年，山西巡抚杨骋之批准山西商务局与英国福公司合作开采山西的煤铁矿，并将部分煤铁矿卖给英国福公司开采。当时就遭到山西绅商人民反对。1906年，正太铁路即将通车，福公司加紧活动，激起全省人民抗议，纷纷要求清政府收回矿区，废除协议。最终迫使清政府惩办了杨聘之，收回了矿区。山西的绅士、商人及民众自己集资286万元，成立山西全省保晋矿务有限公司，简称保晋公司，1908 年正式在太原开办。

在山西收回矿权的鼓舞下，山东绅民也收回了德国在山东峄县霸占的矿权，并于 1908 年，集资 112 万元，成立山东峄县中兴煤矿公司，自行开采。1910 年，安徽民众从英商手中收回了矿权，成立了“安徽泾县煤矿铜官山铜矿有限公司”，川江北厅矿区原本于 1905 年与英商合办开采，但由于英商贪得无厌，任意开掘，四川绅民不甘心大利丢失，与英商据理力争，终于在 1911 年 7 月以 22 万两白银赎回自办。在其他省份像黑龙江、吉林、奉天（辽宁）、湖北、云南等省都陆续收回了一些矿权，取得了胜利。他们在收回矿权后，往往自己集资开矿筑路，像刚才介绍的保晋公司等。其中最大、最有成效的工矿联合企业当属汉冶萍公司。这是当时集资2 000万元办起的私人股份有限公司。1908 年，盛宣怀将汉阳铁厂、大冶铁矿和萍乡煤矿合并组成汉冶萍煤铁厂矿有限公司，并改官督商办为全部商办，财权、人权均归自己负责，成为亚洲一带最大的煤和铁的生产基地。

然而，斗争的焦点集中在路权问题上。

20 世纪初年，中国铁路工业呈现的一个重要特点，就是商办铁路兴起。而且清政府于 1903 年制定章程向民间地方开放了铁路修筑权。既有经济上的诱惑，又有了政治上的条件，民办铁路的热情顿时高涨。地方铁路公司如雨后春笋。1903 ~ 1910 年，全国 15 个省办起了 19 家铁路公司，但由于许多重要的铁路线路的修筑权已被清政府授给了外国人。因此，随之而来的就是大规模的保路运动，即夺取路权。

1905 年，湖北、湖南、广东三省人民集资 675 万美元赎回已经筑成的广州——三水段铁路，原来与美国签订的粤汉铁路合同作废，粤汉铁路的收回，开创了“赎路自办”的先例，对其他各省人民收回铁路利权的斗争起了推动和鼓舞作用。1911 年，江苏、浙江两省人民经过长期斗争，终于收回了修筑从苏州、杭州到宁波的苏杭甬铁路的路权，取得了胜利，大的风潮发生在粤汉、川汉铁路上。

1905 年，粤汉铁路路权被收回，清政府允许民间自筹资金筑路，但又于 1908 年任命张之洞为督办大臣，并兼督川汉铁路修筑，遭到人民反对。由于修筑这样大规模的干线工程，资金缺乏，加之管理不善，技术力量不足，导致两路商办效果不善，于是清政府宣布“铁路国有”政策，并向外国借款筑路，这就等于又把路权给了外国人，而且拒不发还股金，遭到各省人民的强烈反抗。湖北、湖南各处举行集会抗议，四川成立了保路同志会，1911 年夏发生四川总督赵尔丰镇压抗议的群众造成成都血案。局势一发不可收拾，湖北的清军被调去镇压群众反抗，武昌地区清军力量空虚，湖北革命党人乘机起义，发动辛亥革命，全国各省响应，清王朝迅速垮台。

在抵制美货和收回路权的运动中，中国民族工业得到进一步发展。1901 年《辛丑条约》签订后，帝国主义的资本和商品大量涌入中国，此后一些不平等的《通商行船条约》，又为帝国主义对华掠夺提供了更为有利的条件。民族资本主义近代工业受到了帝国主义的沉重压力。因此，1901～1904年间民族工业发展十分缓慢。从1901年到1904年四年总共设厂52家。1905年，中国人民掀起了抵制美货运动，使美国商品的输入大为减少。各省收回利矿权路权的运动也日益发展，打击了帝国主义侵略势力。从1905～1908年四年共设厂220家。像张謇创办的大生纱厂，荣氏兄弟参与创办的无锡振新纱厂，简氏兄弟创办的南洋兄弟烟草公司，都是这一时期出现的。可见中国民族资本主义近代工业发展的速度，是和当时的国内外政治形势及阶级斗争情况息息相关的。

民族资产阶级上层的经济力量发展较快，社会地位也获得显著提高。由于这些上层人物是由官僚、地主、买办转化而来，和帝国主义、封建主义有密切的联系。他们有的依靠外国，有的以本国势力为靠山。像英国怡和洋行买办吴懋鼎、祝大椿等人，都是因为与外国人关系密切，借以发展实业，兴办起一系列的厂矿。而清末甲午（1894）科状元张謇，则是典型的依附于本国封建势力，在他创办大生纱厂之初，就曾借用公款，而且有官兵为他看护厂房。在正式开工以后，依仗清政府的支持，取得20年中，百里之内，不准别家设厂的垄断权，使他的纱厂大获其利，利用纱厂的盈余结合招股，又创办了通海垦牧公司，广生油厂等20多个企业。并担任了江苏咨议局议长等官职，清政府赏给他三品衔和商部头等顾问的官，俨然成为“东南实业领袖”。而民族资产阶级的中下层经济力量虽有增长，但幅度要小得多。他们经营的企业如缫丝、榨油等简单的小型部门，经济力量十分薄弱，政治上又缺乏有力的靠山，随时都有破产的可能。因此，他们对比上层的妥协性和软弱性，更多的具有强烈的反帝反封建的要求。

但不论上层还是中下层，其经济力量都是有限的。对比帝国主义在华工业，他们还显得很脆弱。到1908年，帝国主义操纵控制的金融恐慌发生时，民族工商业资金周转不灵，导致市面萧条，百业凋敝，整个工商业都处于岌岌可危的境地，就是一个很好的例子。

## 第七章

# 从“一战”到“二战”的中国工业

## 一　中国民族工业的新发展

从19世纪70年代中国近代民族工业诞生到1911年辛亥革命为止，中国民族资本主义企业开办资本在万元以上的厂矿约700个，资本总额有1.3亿元。在帝国主义和封建主义的双重压迫下，民族工业发展是十分缓慢的。

辛亥革命结束了中国的封建统治，在发展民族工业方面，颁布了一系列保护工商业的规章，废除了清代的一些苛捐杂税，奖励华侨在国内投资等，这在一定程度上提高了民族资产阶级的政治地位和社会地位，投资于工商业的热情受到很大的刺激。为反对日本帝国主义加紧侵略中国而掀起的大规模抵制日货，提倡国货运动，有力地推动了民族工业，主要是纺织业和面粉业，得到进一步的发展。1912～1919年的八年间，中国民族资本主义近代工业企业建厂470多个，投资近一亿元，加上原有企业的扩建，新增资本达1.3亿元以上，相当于过去全部投资总额。从1912～1920年，现代工业增长率达到13.8%。因此有人称1914～1923年是中国民族工业战时和战后的繁荣时期，而其间的1917～1923年这段收获期堪称中国民族资本主义工业的黄金时代。

纺织工业，在1913年以前，共有231个工厂，到1920年增加到475个，资本数额也由3 200多万元增加到8 200多万元，增长了两倍，而且出现了像张謇这类事业有成的企业家。前清状元张謇一直致力于兴办实业，在辛亥革命前夜，已经初步形成了一个颇具规模的大生资本集团。辛亥革命后，他曾担任以孙中山为首的南京临时政府的实业总长，并从事过一些政治活动，曾担任过袁世凯政府的农商总长。由于反对袁世凯的帝制而辞职，在1914～1921年间，与他的政治失意形成对照，大生资本集团得到空前发展。截至1921年为止，大生一、二两厂资本增加到360多万两。到1924年，已增加到四个厂，布机共1 500余台。同时还兴办了金融业，建立了淮海银行，扩充了航运业即大达轮步公司，此外还增设了一批大小不等的企业和事业单位。盐垦事业也有了很大的发展，张謇的经济事业达到顶峰。

面粉工业从1913～1921年的9年间，全国设立了123家面粉厂，平均每年增加近14家，其中民族资本经营的有105家，占了85.4%。从进出口情况来看，1915年以前都是进口大于出口，从1915年开始，出口大于进口，1920年出口多于进口300万担。涌现了以荣宗敬、荣德生为代表的面粉业巨子。

荣宗敬、荣德生兄弟诞生于江苏无锡县，是中国著名民族资本家，茂新、福新、申新企业集团创办人。荣氏兄弟最早于1901年3月与人合办保兴面粉公司，后改为茂新公司。1911年辛亥革命后，中华民国政府采取了一些奖励实业的政策，时值全国农业丰收，工商业由复苏趋向繁荣。1912年成为荣氏兄弟经营工业的转折点，茂新经营良好，又在上海创办福新粉厂。1915年，荣氏兄弟又在上海创办申新纱厂。第一次世界大战期间，他们充分利用西方列强无暇东顾，面粉和纺纱两个行业空前兴旺的大好时机，极力扩充企业，使茂新、福新、申新的发展突飞猛进，到20世纪20、30年代在同行业中首屈一指。茂新发展到三个厂，福新扩展到八个厂，到1932年申新纺织系统扩展到九个厂。面粉生产能力1921年占全国粉厂的23%，占全国民族资本粉厂的31%，人称荣氏兄弟为“面粉大王”。

火柴业，1911年全国有30家左右，1914～1919年增加到43家，1920年增加23家，成为民族火柴业发展最快的一年。1920年1月1日，买办商人刘鸿生在苏州与人合办了鸿生火柴厂，这是他致力于发展民族工业的开始。同时他也投资水泥、保险、搪瓷、煤矿等。面对外国火柴，尤其是瑞典火柴的倾轧，经刘鸿生倡议，鸿生、荧昌和中华三家火柴公司于1930年7月1日在上海正式合并，改名为“大中华火柴股份有限公司”，成为全国规模最大的一家火柴公司，刘鸿生本人也被称为“火柴大王”。

“火柴大王”刘鸿生

烟草业则以南洋兄弟烟草公司的创办为标志。1905年简照南、简玉阶兄弟在香港集资创办了广东南洋烟草股份有限公司，简称南洋烟草公司。但受英商排挤，于1908年5月宣告停业。1909年2月第二次正式营业，改名为“广东南洋兄弟烟草公司”。1911年开始获利。辛亥革命给予中国民族工业生长的机会，同时华侨对祖国的热爱也使民族工业的产品获得广大的市场。南洋兄弟烟草公司便紧紧抓住这个国货畅销的大好时机，开展营业。在南洋的业务蒸蒸日上，发展迅速。由于国内市场扩大和第一次世界大战帝国主义暂时放弃我国市场等原因，1915 年简氏兄弟决定在上海设厂，接着分支机构遍布全国各大城市，营业昌盛，盈利丰厚。1918 年把企业改组为有限公司，并向北洋政府注册，把企业中心由香港转移到上海，并与国际烟草业的垄断组织——英美烟草公司在原料、销售市场、商标广告上展开了激烈的竞争，击碎了对手一次又一次的阴谋，站稳了脚跟。其振兴民族工业，抵制帝国主义的经济侵略，具有积极的意义。

中国机器造纸始于 1884 年华商曹善谦开办的上海机器造纸局。在此之前一直是手工作坊式造纸。此后有广东宏远堂机器造纸公司，在甲午战前这一行业里，就只有这两个厂，年生产能力1 404吨。从甲午战争到“一战”前，近代机器造纸有了初步发展，宏远堂变为官办的增源造纸厂，上海机器造纸局由伦章造纸局接办，后经营失败而停办。又出现了六个新厂，分布于山东、上海、四川、吉林、湖北，年生产能力5 817吨。1896 年，外商在浦东创办了华章造纸厂，1901 年正式建成投产。在 1914 ~ 1919 年这段时间里，由于帝国主义暂时放松了对中国的侵略和人民爱国运动的高涨，形势较好，造纸业进一步有所成长。新创办四家造纸厂，分别位于广东江门，吉林东三省造纸厂，贵阳的永丰造纸厂和政府办的汉口财政部造纸厂。此时共有八家造纸厂，以民营资本为主。1920～1930 年间机器造纸工业进一步发展，主要是由于此时文化事业发展，国内工商业用纸，和人民反帝爱国运动影响。总计在抗战前夕，全国除东北外共有机器造纸厂 32 个，年生产能力65 400多吨，虽有曲折困难之时，但与 20 世纪 20 年代相比，各方面取得了较大的发展。

除以上所列举的一些轻工行业外，其他如罐头、面粉、皮革、玻璃、陶瓷、榨油、肥皂等轻工行业也有相当发展。重工业虽然在半殖民地中国难以得到发展，但这一时期也有所增长。

采煤业，全国华商机器采煤量，由 1912 年的 80 万吨，增加到 1919 年的 330 万吨。1913 年使用动力机械工厂只有 500 个，到 1921 年达到2 000个以上。由于 1903 年收回路权运动影响，各地兴起了民族资本兴办煤矿的热潮，在这期间有河南六合沟煤矿创办于 1919 年，中原公司为避免竞争销售而与英国福公司组成福中总公司，采取分产合销方式经营。

钢铁冶炼业，1914 年开始兴建大冶铁厂等六个钢铁厂，1918 年建立龙关（后改为龙烟）铁矿公司，1917 年上海成立和兴钢铁公司，1918 年北京石景山钢铁厂开始兴建。

电力和运输业也得到了发展。据统计，1892～1918 年全国电力工业 87 家，其中 51 家是在 1914～1918 年间注册建立的，占了 62%，航运业吨位增长了一倍还多。可见此时我国各部门行业都紧紧抓住这一时机而有了一个快速的发展。

随着资本主义的迅速发展，资本积累和集中也加快了。拥有巨额资本的大企业有所增多。1912 年拥有百万元资产以上的大企业约 25 个，1919 年增加到 43 个。拥有资本 1 200万元以上的茂新、福新、申新总公司以及南洋兄弟烟草公司都是这个时期出现的。除新设厂矿外，原有厂矿大部分积极扩充，不仅轻工业普遍增加投资，一批手工作坊也迅速向近代机器工业转变。中国民族资本主义经济的暂时发展，使中国民族资产阶级的力量有所增强。1914 年 3 月 15 日，中华全国商会联合会成立。实力增长的民族资产阶级，同帝国主义和中国封建势力的矛盾加深了，他们在一定程度上要求反对帝国主义和封建军阀。

然而，中国民族工业虽有较大的发展，但在整个国民经济中所占的比重仍然很小，仍带有半殖民地半封建的特征，民族资产阶级的软弱性并未改变。而且，这种发展是暂时的、畸形的。工业品的增加，除满足国内市场外，还为帝国主义战争服务，反映了对世界资本主义市场的依赖。大战期间发展迅速的面粉、纺织等工业，在战后又迅速萎缩和萧条。曾经的兴旺繁荣，如昙花一现。民族资产阶级的经济力量总体上仍十分软弱，所办企业轻工业多，重工业少，小厂多，大厂少，更没有形成完整的工业体系，即使在大战期间也没有摆脱帝国主义的控制。到 1919 年，帝国主义列强仍控制着中国机械采煤的 75. 6%，拥有 46. 7% 的纱锭和近 60% 的布机。像日本帝国主义借对德宣战的机会，乘机大肆扩张在华势力，在对华贸易上大战期间已取代英国居第一位，美国则居第三位。民族工业发展的背景和道路，决定了民族工业的脆弱以及民族资产阶级的软弱。

随着中国资本主义的进一步发展，外国在华投资的增加，中国无产阶级队伍日益壮大。辛亥革命前，中国近代产业工人不到60万，到1919年"五四"运动前夕已达200万人左右。他们虽成长较晚，人数较少，但非常集中，大多数在上海、武汉、广州、天津、青岛、济南、哈尔滨、无锡等工业城市及矿区，集中在铁路、矿山、航运、造船、纺织、面粉等企业中。帝国主义在华工厂，由于规模大、投资多，集中工人自然多，就是在本国开设的厂矿，也往往因技术水平低而采用的工人多，工业也很集中，这种集中性有利于工人阶级组织程度和斗争水平的提高。

中国无产阶级深受外国帝国主义、本国封建主义和资本主义的三重剥削压迫，包工制、监工制、把头制等封建勒索和压榨普遍存在，克扣工资、打骂工人更是常见，中国工人工资之低，工时之长是世界罕见的。1919年前后，一般产业工人，不过仅勉强维持个人温饱，更没有劳动保护和安全措施。如日本人经营的抚顺煤矿，1913年一年间就发生事故2 000余起，死伤3 000多人，1917年1月11日，一次爆炸事故，就死亡900多人。在政治上也毫无权利可言，反动的北洋军阀政府通过制定各种反动法令来加强统治。因为中国工人阶级所受的剥削压迫是世界各国少有的，因此他们在斗争中比任何别的阶级来得更坚决彻底。

## 二　“二战”期间中国民族工业的状况

### （一）近代中国工业自主发展时期

经历了“一战”期间和战后的短暂繁荣，脆弱的中国民族工业无力抵抗战后回潮中国的外国资本主义工业的排挤而纷纷倒闭破产，进入萧条时期。加之军阀混战，民不聊生，更使得中国工业发展举步维艰，难以为继。1927 年南京国民党政权建立，实施了一系列有利于国内工业发展的新经济政策，像 1929 年基本实现了关税自主，这也是自清末以来在关税问题上的一个重大成果，1931 年裁撤了自太平天国以来实施已久的厘金制度，统一了税收，1935 年 2 月由国民党中央银行发行法定货币即法币，同时大力发展金融业，增修了铁路和公路，开辟航空线路，重视基础工业的建设，这些政策措施使中国工业缓解了 1929 ~ 1931 年席卷世界的经济危机的冲击。在此期间还有一系列的事件促成中国民族工业的新发展，即“五卅”惨案，日本发动侵略中国的“九·一八”事变和“一·二八”事变，中国大中学生举行反帝救亡的“一二·九”学生爱国运动，广泛激起了民族主义浪潮，抵制外货，提倡国货，也为民族工业提供了发展的机会，又有关税自主这把保护伞，因此，1927 ~ 1937 年中国民族工业进入自主发展时期。

当然，这一时期的中国工业也并非全面增长，而是时起时落，此兴彼衰，一些工业部门像缫丝行业已不可避免地衰落下去，其他行业如面粉、棉纺织则有不同程度地增长。一些新的工业部门开始出现，如酸碱业、橡胶、机器织绸、针织、搪瓷、日用化工等。但与发达国家相比，仍显得十分落后。而且以蒋介石、宋子文、孔祥熙、陈果夫和陈立夫四大家族为代表的官僚资本主义工业体系开始形成，并逐步吞并民族工业，形成垄断之势。

**（二）民族工业大迁徙**

1937年，日本发动全面侵华战争，中国民族工业的前途问题摆到了国人面前，当时的中国工业，大部分集中于上海等沿海沿江城市，相对来说内地几乎是一片空白。这些工业如果毁于战火，就会使中国的民族工业大伤元气，削弱抗战实力，反之如果落入敌人手中，就会增强敌人实力，后果更是不堪设想。“七·七”事变后，不少民族资本家出于爱国热情和使企业免遭日本的掠夺，纷纷向国民党政府申请将工厂迁往内地，国民党政府出于抗战考虑，由资源委员会负责。“八·一三”事变前夕，上海机器同业公会、大鑫钢铁厂、中国炼气公司、大中华橡胶厂等，要求资源委员会拨给资金和低息贷款，将工厂迁往内地。国民党政府为适应战时军事和民用需求，除将所属的一些工矿企业内迁外，对自愿内迁的民族工业，给予贷款和运输帮助，同时还强制一批工厂内迁，这样，在抗战初期有大批战区工厂迁往内地。8 月 12 日，以上海机器五金制造业为主的上海联合迁移委员会组成，经过几天紧张工作，公布了《迁移须知》，规定凡中国国民所投资之工厂，均可一律迁移，迁移地为武汉。但这时日本已发动“八·一三”事变，对上海发动进攻，迁移路线只有沿苏州河的水路一条，因而显得困难重重。

1937 年 8 月 22 日，上海顺昌机器厂带头驾船内迁，为整个内迁队伍开路。此后上海机器厂、新民机器厂和合作五金厂、大鑫钢铁厂等更多的内迁工厂出发了。这些民营工厂内迁的运输工具主要是木船，沿苏州河到镇江，再换乘江轮，在镇江接应的船只属轮船招商局，主要用来运输军用物资、政府机关和银行的物资，仅有小部分装运民营工厂的机件，所以许多民营内迁工厂到达镇江后无江轮可换，只好一路划向武汉，由于运输工具的落后和敌人炮火的袭击，运输速度很慢，许多民营工厂都受到重大损失。

从 8 月份迁移委员会成立到 11 月初上海沦陷的三个月里，上海共迁出民营工厂 150 家，工人2 300多人，机器物资13 800余吨，种类包括机器、五金、电器、化工、文化印刷、纺织厂及其他工厂，其中以机器五金业为主，占 67 家。这些工厂中有 121 家迁到武汉，其余有迁到苏州、镇江、常州、九江和香港等地，另外还有大批企业由于种种原因未能及时迁出。除上海的工厂外，还有山西、河南、山东和天津等地的一些工厂，也纷纷进行内迁，但所占的比重很小，只有 14 家。这样，迁到武汉的工厂总数达到 135 家。

并且有一部分在武汉已复工生产，形成了四个生产集团，生产手榴弹、迫击炮弹、机枪零件、军用罐头等一些军用物资。但由于武汉条件所限，2/3 的民营内迁工厂在武汉无法复工，即使复工的也主要是一些条件较为简单的机器厂，像设备复杂的化工厂连一家复工的也没有。这些工厂在武汉立足未稳，南京又告失守，武汉形势危急。1938 年 3 月，一百多家民营内迁工厂再次迁往四川，到 1938 年 9 月，上海及沿海地区迁抵武汉的民营工厂基本上全部迁出武汉，同时，武汉当地的工厂也开始内迁。由于国民党的敷衍拖拉和战场上的迅速溃败，除上海、武汉等迁出部分企业外，其他沿海一些省份如浙江、江苏、广东等有很多企业落入敌手，当然其中也不乏由于企业主等待观望，坐失良机造成的。到 1940 年，根据国民党经济部的统计，陆续内迁的工厂共 448 家，机器材料 7 万余吨，技工12 000万余人，到年底已大部分复工。按行业统计，机械工业比重最大，依次是纺织品、化学工业、电器工业、饮食工业、矿业、钢铁业。其中属国防工业范围的占 60% 以上，地域分布情况是四川占一半以上，此外，广西、陕西、云南等省也有一部分。

内迁过程中，中国工人阶级作出了无私贡献。由于时间仓促，工人们在炮火下拆运内迁，由于缺乏运输工具，在各个环节的运输中内迁工厂的物资只得由工人肩挑背荷，繁重的劳动自然都落到了工人肩上。在从武汉内迁时，各厂的工人又发挥巨大力量拆运机件，特别是上海的民营内迁工厂的工人更是担当了主力军的任务，武汉的一些重要的工厂，几乎都是由他们负责拆运，如湖北谌家矶造纸厂，汉阳钢铁厂等。从武汉到四川，长江航运险滩处处，工人们又拉纤背船，历尽千难万险，才把机件运达目的地。由于四川重庆地区多山谷丘陵，于是内迁的工人们与当地民工一起，填平沟谷，铲平丘陵，把崎岖的山地变成平川，建起高大的厂房。像裕华、大华纱厂、大鑫钢铁厂等都是这样建立的。广大内迁工人虽然为民族工业内迁建设作出了巨大贡献，但生活十分艰苦，每天工作 12 ~ 16 小时，工资收入也十分微薄。在复工建设中，广大科技人员在极其困难的条件下，利用简陋的设备，努力恢复生产，把所能利用的原料都充分利用起来，甚至包括泥土、人尿等，并取得多项专利，为发展生产，支持抗战作出了重要贡献。

内迁企业到达四川后，国民政府在规划工业区的同时，为尽快促使各内迁厂矿复工，并建立战时工业体系，由工矿调整处对一些工业进行了规划，主要集中在钢铁、电器、化学、纺织、食品与文教用品工业和煤矿业。并帮助它们改进技术，进行贷款，帮助发展，对民营工业发展起了一定促进作用。

大批民营工厂入川，迅速改变了四川当地民营工业的落后状况，当时四川除了纺织、丝织、火柴等轻工业有几家大厂外，重工业十分落后，有的甚至是一片空白。例如机器工业，由于多年的军阀割据和混战，四川的机器工业以制造枪械为主，其次是轮船与车辆的修理，以适应对外交通的需要，显然，实际上只是修理工业不是制造业。在迁入四川的民营工厂中，有不少机器厂，尤其是从上海迁入的机器厂，一般规模较大，被称为抗战期间后方机器工业的中坚分子。1939 年统计，重庆的机器厂已从 10 多家增到 80 家，到 1940 年增加到 138 家。除机器厂外，其他民营工厂在当时中国也是一流的。如龙章造纸厂、康元制罐厂、益丰搪瓷厂、大鑫钢铁厂、永利化工厂、冠生园食品公司、商务印书馆等企业，在本行业中是数一数二的民营大厂。这些民营内迁工厂对四川的影响是很大的。它们不但使中国民族工业得以保存，而且，它们的生产刺激了四川经济的繁荣和旧有生产方式的改进，开发了四川的地利和物力，使在抗战期间，四川失业人员减少，农民收入增加，各种建设推进，市场繁荣，虽然没有整个地改变四川经济，但至少也提前了几十年。

其他内迁企业在湖南、广西等地也同样促进了当地工业的发展。例如由上海迁到湖南祁阳的新中工程公司、新民机器厂分厂等企业，在几年内发展迅速，使祁阳由湘中一个小县城发展成为湖南的工业中心之一。而从 1939 年春天起，由上海、武汉、长沙、南昌等地内迁到桂林的工厂达到 88 家，使桂林成为广西的工业中心。1943 年 10 月 28 日，迁往湖南、广西两省的民营工厂在桂林举办了一个工业展览会，成果显著，被誉为“中国机械工业的缩影”。但 1944 年春，日军发动大陆交通线战役，国民党军队迅速溃败，加之国民党政府的歧视政策，给湘桂工业造成严重损失，在迁移过程中遭到毁灭性打击。据统计，当时从湘桂地区迁往四川的共有民营工厂95家，内迁物资7 873吨，没有来得及搬运的有973吨，然而抵达重庆的只有201吨，其余全部损失。武汉的内迁工厂多迁到陕西、贵州、云南，由于规模不大，对当地工业影响不如在四川大。值得一提的是，在迁往陕西的民营工厂中，有一家来自上海的小厂——沈鸿的利用五金厂迁到了陕甘宁边区，为边区的经济建设作出了很大的贡献。沈鸿本人被毛泽东、林伯渠称为“边区工业之父”。

虽然许多内迁企业为中国的抗战事业作出了重要贡献，但它们的命运却很惨。在内迁之初就曾遭到国民政府有关部门的百般刁难，到达迁移地后，购地建厂更是困难重重。另外，四大家族官僚资本乘民族工业之危，进行吞并，后来负责内迁的工矿调整委员会，就用接管或加入股份的办法吞并内迁的民族工业。早在1937年10月1日，正当上海等地民营工厂在战火中忙于内迁时，蒋介石就下令以救国公债“收买”轻重工业工厂，移入内地经营。永利化学公司是中国当时数一数二的民营化学工厂，因为曾向国民党政府借款300万元，被国民党政府强行作为股资加入该厂，达到官商合办的目的。而内地最大的毛纺织厂——中国毛纺织公司，则最终落入官僚资本手中。对此，有火柴大王之称的刘鸿生气愤地说：“我到重庆后，很快发现一条规律，所谓大后方企业，实际是由官僚资本控制的。我原来在上海是大老板，到了重庆却成了大老板的伙计。”到了抗战胜利后，美国货大量涌入，国民党政府又忙于“劫收”，后方民营工业陷入崩溃，为回到原来地方，各民营工厂只得向国民党政府廉价出售生产用机器和设备，60%的内迁工厂停闭。对于抗战期间各民营工厂内迁的历史，当时著名企业家李烛尘作了这样的总结，“当年艰难辛苦去，今日倾家荡产归”，不失为真实写照。

但内迁工厂企业，保存了中国民族工业的元气，为抗战作出了巨大的贡献，同时改变了中国工业布局严重不合理的状况，使偏僻的内地得到相当大的发展，对中国民族工业发展的作用是显而易见的。

### （三）战时日本帝国主义在沦陷区的经济掠夺

日本发动全面侵华战争后，其工矿活动的范围从东北扩大到整个占领区。日本帝国主义在其占领区内大肆进行野蛮的经济掠夺。战前，日本在东北建立重工业基地，以满洲铁道株式会社为中心的重工业企业在全国占据优势。“七·七”事变爆发的第一年内，日本帝国主义就开始对沦陷区的掠夺。范围涉及日本国内所缺乏的国防资源与军事活动相关的产业。由日本在华两大国策公司经营，分别是华北开发公司和华中振兴公司。华北开发公司是日本在中国华北进行掠夺的总部，华中振兴公司则是日本在华中地区进行殖民掠夺的主要机构。这两大国策公司下设许多分公司，包括范围相当广，但经营中心多偏重于煤铁等矿产和交通运输等。他们在华北实行“军管理”、在华中实行“委托经营”的统治方式，但是由于工矿遭到破坏，工人离散，资本缺乏，这种经营管理归于失败。在日本“以战养战”的政策出台后，敌人改用“中日合办”方式，例如在华北开发公司所属各企业中，中国投资可占45%，日资占55%，华中振兴公司所属各企业，中国投资51%，日本投资49%，以此引诱中国资本家与日本“合作”，实际上企业的经营权和大部分利润都归日本所有，纯属一种欺骗的“合作”。同时，日本帝国主义还对台湾的重点工业进行投资，以利其侵略需要。总之，沦陷区的工矿企业完全为敌寇所直接掌握和控制。

## 三 解放前夕的中国工业

1945年8月15日，长达八年之久的抗日战争胜利结束，日本侵略者宣布无条件投降。中华民族为此付出了惨重的代价，仅工业方面损失就达31亿多美元。胜利后，所有日资在华工矿事业均被中国政府接收。从甲午战争到抗日战争结束，日本在中国工矿业方面投资达29亿多美元，扣除1945年东北地区的战争损失以及被苏联军队拆走的共八亿多美元的工业设备，中国政府接受了21亿多美元的工矿固定资产，折合1936年的法币有近71亿元。同期中国民族工业资本为近29亿元，这样综合以后，中国民族工业资本达近100亿元。

抗战胜利后，南京国民政府经济部首先全面接收日伪工矿企业，并陆续颁布了一系列接收法令，以尽快恢复生产，增加物资供应，而且分别出轻重缓急，复工生产和工业建设并行。由于广大内迁工厂对中国抗战事业作出了巨大牺牲和贡献，为表示奖励，规定对非重点的敌伪企业和部分设备，标价出售，内迁厂享有优先购买权。接收的工厂分为三大类，第一类是资源委员会接收的工矿企业；第二类是由中国纺织建设公司接收的纺织厂；第三类是杂类工厂。因为杂类工厂规模小，属于无关宏旨的小厂，所以一般标价出售。

在接收日伪资产后，中国工业的结构和布局有了一定改观。就固定资产而言，重工业约占全国新式工业的70%，而上海的工业在全国工业经济中的地位更加重要了。但接收下来的工矿多经战火洗劫，设备残缺不全，复工十分困难。资源委员会属下的重工业企业，破坏最为严重，特别是东北地区，作战时损坏了一部分设备，胜利后，苏军把所到之处的工业设备中最先进的，也是这些企业中最为重要的设备和材料部件，当作战利品拆下来运回苏联，价值达八亿美元，导致东北地区主要工业企业在接收时几乎处于瘫痪状态，所以这一地区的企业恢复一直最为缓慢。关内重工业企业也同样行动迟缓。相比之下，中国纺织建设公司所接收的纺织厂，因规模不大，所需资金不多，所以恢复工作倒显得卓有成效。到1947年6月一年半的时间内，相对于日本人统治时期而言，生产能力恢复了三分之一。它的恢复情况，可以从当时中国出口贸易上得到反映。1946年，棉制品只占出口总值的0.9%，到1948年增加到

38.6%，成为第一大出口产品。

但战后四年中国工业的复苏是非常有限的，尽管国民党政府从资金投放到原材料的分配诸方面作出了努力，但工业复兴的程度始终未达到中国工业生产最高产值的1943年。影响工业恢复的原因不外是经济、军事和政治三方面因素。经济上，由于国民党政府在抗战胜利后财政窘困，又忙于内战，对经济治理显得无能为力，工业生产所需资金缺乏，国民党政府用于复兴工业的资金加上从国外获得的工业设备，仅合战争中损失的9.2%。在资金严重不足的同时，美国的经济入侵加剧，大量美货在国内倾销，加上战争的巨大消耗，使国统区通货膨胀严重，物价飞涨。1947年7月的物价比1937年增长了六万倍，到年底更达到145 000倍。举个显而易见的例子来说明吧，1937年一百元法币能买到一头牛，1947年只能买到三分之一盒火柴，国统区工商业企业大量倒闭，民族工商业日益凋敝。军事上，由于中国共产党领导的中国人民解放军从东北及广大农村解放区迅速向南推进，国民党军队节节败退，一些资本家更是惶惶不可终日，急于撤退或转移自己的资产，这样，工业恢复显得更加步履维艰。政治上，国民党政府的腐败暴露无遗。抗战胜利后，国民党政府大批官员到沦陷区接收，在北京、天津、上海、广州等大城市，争发国难财、接收财。接收大员们个个都疯狂地抢洋房、汽车，抓黄金美钞，沦陷区人民称他们是三洋开泰（捧西洋、爱东洋、要现洋），五子登科（抢车子、房子、金子、衣服料子和婊子）。为了夺得工矿企业，接收大员们往往凭空诬蔑某人为“汉奸”，继而没收家产和工厂，据为己有。接收变成了“劫收”。京沪平津一带流传的民谣说“想中央，盼中央，中央来了更遭殃”，反映了人民的真实心态。“劫收”使得国民党官僚资本空前膨胀达到200亿美元的高峰。建立了许多全国性和地区性的独占组织，如宋氏家族建立的中国纺织建设公司，陈果夫、陈立夫兄弟建立的中国蚕丝公司，都是四大家族的大垄断企业。广大国统区物价飞涨，民怨沸腾。1948年，国民党政府的法币发行额到8月21日达到660多万亿元，比1947年增发了47万余倍，法币与美元的比价不断下降，1月份17.8万元兑换1美元，8月份1美元兑换1 108.8万元，购买能力严重下降，法币的价值已贬低到不抵自身纸张和印刷费用了。恶性的通货膨胀，再加上美货倾销和官僚资本的吞并，以及繁重的捐税，再加上国民党政府在此时见大势已去，又准备将大批企业迁往台湾，这种种原因，使民族工业纷纷停产或倒闭。1948年，上海3 000余家大工厂开工率只有20%，青岛1 000余家工厂，只有1/4处于半开工状态，其余全都停工，最后连四大家族的国营资本也沦落如此命运。由于普遍减产或倒闭，工业总产量全面急剧下降。在国统区军事政治土崩瓦解的同时，工业也陷入了空前崩溃的绝境。

以上情况直到国民党政权被推翻、中华人民共和国成立之后，才开始有根本性的转变。中国的工业由此进入一个崭新的历史阶段。

**图书在版编目（CIP）数据**

中国工业史话 / 谢俊美，季凤文著．—北京：中国国际广播出版社，2011.1
（中国读本）
ISBN 978-7-5078-3215-0

Ⅰ．①中… Ⅱ．①谢… ②季… Ⅲ．①工业史—中国
Ⅳ．①F429

中国版本图书馆CIP数据核字（2010）第210227号

中国工业史话

| 著　　者 | 谢俊美　季凤文 |
|---|---|
| 责任编辑 | 孙兴冉 |
| 版式设计 | 国广设计室 |
| 责任校对 | 徐秀英 |
| 出版发行 | 中国国际广播出版社（83139469　83139489[传真]） |
| 社　　址 | 北京复兴门外大街2号（国家广电总局内） |
| | 邮编：100866 |
| 网　　址 | www.chirp.com.cn |
| 经　　销 | 新华书店 |
| 印　　刷 | 北京广内印刷厂 |
| 开　　本 | 640×940　1/16 |
| 字　　数 | 80千字 |
| 印　　张 | 9.75 |
| 版　　次 | 2011年1月　北京第一版 |
| 印　　次 | 2011年1月　第一次印刷 |
| 书　　号 | ISBN 978-7-5078-3215-0/TB·7 |
| 定　　价 | 16.00元 |


**国际广播版图书　版权所有　盗版必究**
（如果发现印装质量问题，本社负责调换）